文春文庫

あしたはれたら死のう

太田紫織

文藝春秋

あしたはれたら死のう

帯広という街の名前の由来は、少女の性器という説がある。

アイヌ語のオペレケプ（o-perke-p）。下の処が・割れている・者。一級河川である十勝川を筆頭に、いくつも分かれた支流を指して、いにしえの人達は少女の体のようだと喩えた。

それはきっと、そこが命を生み出す部分だからだ。水は命の源。時に荒ぶる激流が、この十勝を何度も水と上流の土で洗い流し、十勝の沖積平野の肥沃な実り多き大地を作ったのだから。

その年は春を迎えてもいつまでも寒かった。五月といえば北海道では小中学校の運動会シーズンで、本来であれば比較的安定してほがらかな日が続くものだ。

リラ冷えといって、五月の末から六月の初めに寒さが戻ることはある。けれど今年はずっと天気が悪く、ひっそりと寒かった。蝦夷梅雨だかなんだかしらないけれど、帯広はとくに毎日真っ暗で、じめじめとしとしと雨が降っていた。

私の住んでいる、十勝川を挟んだ対岸の音更町（こちらは、士幌川、音更川、然別川などの支流を指して、毛髪が生ずるという意味のオトプケというアイヌ語が由来だ）も例外ではなくて、毎日毎日嫌になるほどの、冷たい雨が一ヶ月近く降り続いて、人々を憂鬱にさせた。農業大国十勝で、長い悪天候は死活問題だ。

普段はおおらかに流れる川も、この時ばかりは茶色く濁り、どうどうと水しぶきを上げて流れていたという。騒ぎが起きたのは、十日間雨が降り続き、やっと久しぶりに晴れた日の午後だった。

帯広と音更を結ぶ十勝大橋のすぐほとり、白い壁にグレーの丸い屋根の十勝川インフォメーションセンターは、十勝川について学習できる施設で、三階には十勝川や大雪山系をぐるっと一望できる展望室がある。

観光で訪れていたというその女性は、小さな子供達と一緒に双眼鏡を覗いていた。どこまでも続く空と広がる平野、そしてそれを取り囲む大雪山系の山並み——日が傾き始め、陰影を深めた真っ白な橋を眺めていたその人は、橋の丁度中央辺り、欄干にまたがる人影を見つけた。

あっという間の出来事だった。

人影が消えた。

一瞬何が起きたのかわからなかった。見間違えだろう？　そうとも思った。せっかくの旅行先で面倒ごとに関わるなんて。けれど隣で知らずにはしゃぐ、自分の幼い娘を見て彼女は思い直し、警察に通報した。

『今、十勝大橋の真ん中から、人が飛び降りました』と。

長雨で増水した川はまるで茶色い竜のようにうねり、暴れた。容赦なく。ちっぽけな一人の少女を飲み込んで。

矢作遠子(やはぎとおこ)、十五歳の高校一年生。

つまり、『わたし』だ。


目が覚めたときは病院のベッドの上で、丁度点滴の確認に来ていた看護師さんと目が合った。おかっぱ頭で、女性アイドルにちょっと似ている。薄い水色のナース服を着た彼女の胸には『西宮』と書かれた名札があった。

「あ」

と小さく呟いた後、彼女はまん丸の目を見開いて、「矢作さん」と私を呼んだ。

「矢作さん、わかりますか?」

いったい何が? 何について「わかるか?」と問われたのだろうか。まず第一に質問の意味がわからなかった。

「私、入院しているんですか?」

けれど見覚えのない天井、ナース服を着た知らない彼女と、腕につながれた点滴。ベッド横のスタンドには、輸液量をコントロールしているらしい機械が二つもついている。考えるまでもなくここは病院だ。

部屋を見回すと個室のようで、残念ながら何科の病棟なのかはわからない。

「私、何か病気なんでしょうか」

ぱっと見、怪我らしい怪我をしている痕跡はないので、考えられるとすれば病気だろう。必死にこうなる前の自分のことを思い出そうとした。

「………………」

けれど不思議と思い出せなかった。断片的に友人とスケートをした事や、修学旅行で行った函館の事、そういった事が脈絡無く思い浮かぶだけだ。季節もあやふやで、慌てて外を見る。

青空と、みずみずしい緑の木々が見返してきた。はっきりはわからないけれど、ベッドサイドの小さな置き型デジタル時計には、16：40と表示されている。まだ空は明るい事から見て、季節は夏だろう。でも何月なのかまではわからない。

「ちょっと……混乱しているみたいね。今先生を呼んでくるから、落ち着いて待っていてね」

不意にとても真剣な表情で西宮さんが言った。私は頷いて、枕に深く頭を預け直す。彼女は意味ありげに私を見てから病室を後にした。なんとなく、哀れんでいるような、可哀想な者を見る瞳だと思った。

彼女が行ってからすぐに体を起こし、改めて病室を眺める。病室は整然としていた。引き出しを引くと、入院のしおりと、テレビカードが三枚、雑誌が一冊入っていた。主

婦向けの家事について書かれた雑誌。『我が家の新定番！　夏野菜スペシャル』という
あおり文句と共に、ソテーしたズッキーニがてらてらと輝いている。
　ぱらぱらとめくってみたけれど、私の本ではない。多分、母さんの本だ。
　冷蔵庫の中にはお茶とゼリーが入っていた。私の苦手なグレープフルーツ味なので、
これも母親の物だろう。病室の中の持ち物に私の痕跡がない。つまり自分の意志で物を
使えない状況だったんだろう。
　テレビカードを手に取ると、二枚が使用済みで、一枚は未使用だった。テレビの所に
も一枚刺さっている。ここにカードが四枚あるということは、少なくとも私は数日間は
意識無く入院し、そしてまだこの先もその予定だったという事だ。
　程なくして人が戻ってくる気配があったので、私は慌てて引き出しを閉めてベッドに
身を埋めた。
「目が覚めたって⁉」
　そう言って病室に入ってきたのは、母の弟の琢喜叔父さんだ。帯広市内の総合病院で、
循環器科の先生をやっている。
「ああ、本当だ！　トコちゃん！　良かった！」
　ということは循環器の病気を患って、入院をしていたという事か。そんな風に考えて
いると、叔父さんは私の両頬を温かい手で包んだ後、勢い余ったように抱きしめた。

「子供みたいに呼ばないで」

トコちゃんは、私の幼稚園時代までの愛称だ。

「ははは！　じゃあ、叔父さんの事がわかるね？」

叔父さんは腕を解くと、また妙な質問をした。彼の後ろには若い医師と、もう一人三十代ぐらいの先生が一緒だった。目が合うと、彼はそっと私に微笑んできた。『行町』という名の先生らしい。

「勿論わかるけれど、私は何故ここにいるの？」

その質問に、叔父さんや他の先生達は顔を見合わせたり、とても困ったような顔をしてみせた。代わりに、行町先生が前に出た。叔父さんは私の横に立ち、まるで慰めでもするように、私の肩に手を置いていた。

「行町（あるきまち）といいます。君の矢作、という名字も読み間違えられそうだね。私のことは覚えているかな？　君の高校のカウンセラーを務めているんだ」

一番最初に行町先生は親しげにそう話しかけてきた。私と距離を縮めようとしているのだと思った。親しい関係性を作らなければ、話せない内容なのだろうか？　それに私は高校生ではない。こんなうさんくさい高校のカウンセラーなんて知るわけがない。

「そういうまどろっこしいことは結構です。それに何か考え違いをされているのでは？私はまだ、高校生じゃありません」

ただ自分がどうして入院しているか知りたいだけなのに、大人が何人も私を取り囲んで、そしておかしな顔をしてみせた。変なことは言っていないはずだ。

「……君は少しせっかちみたいだね」

行町先生が、困ったように苦笑いしたので叔父さんを見た。叔父さんは私の急ぎ足を否定するように首を横に振った。

「せっかちかどうかはわかりませんが、無駄なことは省きたいです。それとも先生と無意味な話をしなければ、質問に答えていただけないんでしょうか」

必要の無い会話によって得られるメリットが思いつかない。

行町先生は一瞬だけ困ったように叔父さんを見た。でもすぐにまた私に向かって笑顔を作った。

「じゃあ、君の望むようにしようか。でもとても、話しにくい内容だっていう事はわかってくれるかな」

一応肯定するように肩を軽くすくめて頷く。

「それにそうだね——もしかしたら、いくつか問題が発生しているのかもしれない。入院前のことは何も覚えていない？」

「ええ、あまり」

どうしてここにいるのかさえ。

「名前と、そして年齢や学年を言ってもらえるかな？　一応、確認のために。まどろっこしいかもしれないけれど」

今更確認もなにも無いと思うが。

「……矢作遠子、十四歳、中学三年です。多分」

「多分？」

「ええ」

本当のことを言うと、答えて急に自信がなくなったからだ。今は夏か、初秋。今年高校受験の夏だ。だけどもっと切迫して、夜に受験勉強をしたような、そんな記憶がある。膝にかけたやわらかいフリースの感触と、あたたかいホットミルクの白い湯気。

部屋の窓の外には深い霧。街路灯すら飲み込むほど。冷えた空気と音更川の水の温度差のせいで、川から蒸気が立ち上っているのだ。今夜は特に冷え込んでいる――。

「………」

この記憶は、いったいなんなんだろう。私はそんなに勤勉だったろうか？

その時、病室に母が飛びこんできた。そして目が合うなり泣き崩れた。面喰らった。母がまるで言葉を忘れた獣のように、吠えるように泣いたからだ。

けれど彼女は獣じゃなかった。唐突に彼女は良かった、とか、どうして、とか、そして何故相談しなかったの！　と、支離滅裂な言葉を怒濤のように投げかけてきた。

あまりの勢いに顔を顰めてしまった。不快だった。目の前で今にも飛びかかろうとする人が、母の皮を被った別の何かに思えたからだ。母さんのフリをしたバケモノ。

叔父さんは慌てて母さんを病室から連れ出した。若い先生達もそれに従うように部屋を後にしてしまう。病室に残ったのは、行町先生と西宮さんだけだった。

「驚いたかな」

「いいえ。ただ、あの人が本当に私の母親なのかどうか、わからないと思っただけです」

いいや、むしろニセモノであって欲しい。

「仕方ないよ。そのぐらい、お母さんにはショックな事だったんだ」

「ショック？」

「どうやら何も覚えていないようだし、とにかく慎重に話を進めた方がいいと思っていたけれど、君は随分冷静なようだから、ちゃんと話しておこう。誤魔化して騙されてくれるようには思えないから。でも、君にとってもショックな事だと思うんだ」

首を横に振る。不思議と自分が驚く事はないように思えたからだ。

「君はね、川に飛び込んで自殺したんだ——いや、助かったんだから、自殺未遂をしたと言うべきかな」

「自殺？　……私がどうしてそんな事を？」

「それは誰にもわからない。遺書も残っていなかったし、誰も、何も、君が死のうとしている理由が思い浮かばなかった。学校でも勿論調べたんだよ。いじめの痕跡なんかをね。でもむしろ君は、強い立場の生徒だった」

理解するのが難しくて、私はゆっくりと瞬きを一つした。先生の言った言葉を飲み込んで上手く咀嚼するために。

「幸い一命を取り留めたけれど、君は二週間近く意識が戻っていなかった。今日、やっと目覚めたわけだ。体の方は心配なさそうだけど、いくつか気になることがある」

「いったい何でしょうか？」

先生は私の目をじっと見て、深く息を吐いた。話す覚悟を決める為というよりは、聞く覚悟をさせるためのようだった。

「一つは記憶だよ。君はもう高校一年生だ」

私はもう一度瞬きをした。

「そしてもう一つ。君が目を覚ましたら、どんな風に話をしたらいいかって事を病院の先生や、担任の先生達としっかり話し合っていたんだ。今日も丁度その打ち合わせのために病院に来ていたんだよ」

「はあ……」

「だけど今目の前にいる君は、私の聞いていた生徒と、少し違うように感じるんだよ。君はとても冷静だ。怖いくらいに。最初は混乱していると思ったけれど、どうやらそうではないらしい」

「……驚いた方が良かったですか？」

我ながら奇妙なことを言ったと思った。先生も一瞬「ははは」、と笑い声を上げた。

「まあ……パニックを起こして、苦しい思いをしてしまうよりは、もしかしたらいいのかもしれないね」

先生が廊下を振り向く。壁の向こうで動揺している母さんの姿を見るように。

結局私には、更にいくつか検査が必要だったのだ。生き残るための代償は大きかった。

『わたし』は橋から飛び降りて、運良く十五分ほどで救助された。引き上げられた時は心肺停止状態だったらしい。けれどさまざまな『幸運』が重なって息を吹き返した。生き延びてしまったというべきだろうか？　死のうとしていた『わたし』にとって、死ねなかったことは不本意なのかもしれないから。

遺書はなく、また周囲に自殺をほのめかすような事も一切ない、明るい少女。

それが『わたし』だった。でも私自身はその事をまったく覚えていなかった。

検査の結果、短時間とはいえ心臓が止まってしまったために、脳に酸素が供給されない時間があった。その間に側頭葉と前頭葉にいくつかダメージがあったそうだ。具体的に言えば、記憶や、感情面に影響が出てしまった。

本当に他人の話だった。無責任と言われるかもしれないけれど、私は『わたし』の事が、まったくわからなかった。母さんはバケモノじゃなかった。本当のバケモノは、『わたし』の皮を被った私の方だったのだ。

今は七月の初めだった。だけど自殺した当日の記憶はおろか、頭の中から約半年の記憶がすっぽり抜け落ちていた。そして二年分の記憶もあやふやになってしまっている。

だけど何より問題なのは心の方だ。私は喜怒哀楽という物を感じにくくなってしまった。四つの中で一番感じやすいのは怒りだ。不快感と快感は感じる。でも何かに対して楽しいとか、悲しい、怖いという感情はわき上がりにくい。

たとえば『わたし』は犬が苦手だった。小さな頃噛まれた事があったからだ。だけど大きなセラピードッグを前に、私は恐ろしいとは思わなかった。きちんと管理された動物だ、突然噛んだりしない。撫でるとあたたかく、濡れた鼻と髭面をすり寄せられるのは快かった。

そんな私を発見して、泣き崩れたのは母だ。勿論喜びの涙じゃない。両親にとって、私の変化は衝撃だったようだ。特に母は、変わってしまった私を酷く悲しんだ。可哀想だとか、どうしたらいいかとか、嘆き、苦しむ姿を見て思った。多分母さんの中で、『わたし』は死んだも同然なのだ。

父さんの方はわりとすぐに順応してくれた。私が入院していた間に、両親には既に新しい生活ができあがっていた。仕事の合間に、彼は病院に寄って私の寝顔を見に来ていたらしい。これで昼食を、急いで食べなくて済むと笑って見せた。

人間の脳というのはすごいもので、記憶と感情を失ったけれど、壊れた部分を補うように、他の部分が発達した。

たとえば計算能力や記憶力だ。数学が大の苦手だった『わたし』が知ったら羨むだろう。十桁程度の数字だったら、ほとんど見ただけで暗記できる。

あと、利き手が急に左手になった。勿論今まで通りに右手も使えるので、正確には両利きになったというべきかもしれないけれど、たとえば箸を持つときに、一瞬どっちの手を使えばいいか悩んでしまう。困ったのはせいぜいそのくらいだ。

記憶がないのは確かに不便だ。けれど生活に必要なことは自然と体が動いた。だから私自身にとって、実のところ大きく変わったことはなかった。家族にとってはそうじゃないかもしれなくても。

『乖離』と言えばいいんだろうか、何もかもが自分の事ではないように感じるだけだ。確かに体の中に残る記憶であっても、常に私の芯のような部分が、それは間違いだと否定している。夢の中で「これは夢だ」と気がついている時のような感覚。

自分以外の誰かの体に強引に魂を押し込まれたような、そんな風に感じる。

「まあ、記憶が無いということは、もしかしたら貴方にとっては良いことかもしれません。どうか生まれ変わったと思って生きて下さい」

退院前の最後の診察で、担当してくれた脳神経外科の先生がそう言った。

生きてください、という言葉は不思議だ。今の私には、そもそも『死にたい』という欲求の片鱗すらないのだから。

なのに私の横でさめざめと泣いていた母が、私の手をぎゅっと握って「そうよ、やり直しましょうね、私たち」と言って見つめてきた。

生暖かく湿った母の手は、ただとても気持ち悪かった。


『わたし』は中流家庭の一人娘だ。両親が帯広のベッドタウンといわれる音更町に家を建ててまだ三年。新しい地区に建てられた家は広くて大きい。でもこの辺りはみんなそうだ。単純に土地が安いのだろう。

中学の頃ここに引っ越して来たのは、一軒家に暮らしたいという母の見栄と、父の仕事上のトラブルが原因だった。父が悪い訳ではない。けれどそのせいで、私たちは逃げるように川の向こうの町へ住まいを移した。

母の欲しがった城。赤いレンガ調のサイディングと、三角屋根の上のソーラーパネル。ジョージアン様式を模したお洒落な家にしたがった癖に、ソーラーパネルも希望した母の矛盾。重厚さを感じさせる伝統美が、ぎらぎら光ったパネルのせいで台無しだ。

生け垣がわりに植えた黄緑色のコニファーも、まだ貧相で頼りなくなにも隠せていない。母の理想だけ先走った、ニセモノのように感じる家は、ニセモノみたいな私には似つかわしいかもしれない。

帯広の病院を退院し、帰宅が許された。家の前のカーポートに駐めた母の車から降りると、まだ若い、枝のひょろりとしたヤマボウシが私を迎えた。花は枯れかかってしぼんでいた。小さな家庭菜園も荒れ放題だ。腐ったり、枯れたりしている。おそらく『わたし』のせいで、母には畑の手入れをする余裕がなかったのだ。

部屋に戻るのは、二十一日ぶりらしい。まず部屋で休んで落ち着いてから、お茶を入れると母が言った。病院でずっと眠ったままだった私は、確かに随分体力を落としていて、歩くと自分でも驚くほど足が頼りなかった。

一週間ほどのリハビリのおかげで、幾分マシにはなったものの、退院してきただけなのに妙に体に疲労がのしかかっている。

とはいえ自分の部屋のドアを開いて軽いめまいを覚えた。

心などちっとも休まらない酷い部屋だ。散らかっているとか、清潔感がないという訳ではないけれど。それでも自分の部屋には不快感しかなかった。病室の白い壁と、木目のインテリアが懐かしい。

カーテンは白青赤のトライカラー。枕とベッドカバーもだ。カーペットはビビッドな青。一応この三色を基調にしているようだけれど、壁一面に写真やガーラント、挙げ句の果てに海外のお菓子の空袋が貼り付けてある。

一見アメリカ国旗柄が好きなのかと思いきや、ユニオンジャック柄の写真立てもある。でもカーテンの色の並びから言えば、これはロシア国旗だ。全く統一感がない。

ハートや星形の大小クッションが五個、ぬいぐるみ、ぬいぐるみ、ぬいぐるみ――きっと『わたし』は八面六臂だったのだろう。そうでもなければこんなに必要ないはずだ。

さらに机には大きな赤いキノコ形ランプ。なにもかもがゴテゴテして、ゴチャゴチャしている。無駄な物が多すぎる。これでどこに何があるのかきちんと把握できていたのだろうか?

悪夢を見そうだ。今すぐ何もかも片付けたい衝動に駆られたけれど、実行できなかったのは、それ以上に体が休息を欲していたからだ。

おそるおそるベッドに横たわる。ベッドの感触自体は病院より心地よかったけれど、他人のベッドに横になるようで生理的な嫌悪感がある。仕方ないのでそっと毛布の上に横たわった。布団の中に入り込むのは気持ちが悪い。

見上げた天井は青色に塗られ、蓄光タイプの月と星のシールがベタベタと貼られている。一応星座の形に貼っているようだったけれど、北斗七星の隣にオリオン座を置くなんてどうかしている。

ただ、部屋の匂いは覚えがある。玄関を開けた時にも思ったけれど、『わたし』の部屋は特にだ。窓辺に置かれたディフューザーから香る、レッドカラントとクランベリーのオイル。ベッドに横になると、丁度心地よく甘く香ってくる。その位置に置いていることには、きちんと意味があるのかもしれない。

だったらミザールの横のベテルギウスにも、何か意味があるんだろうか。

調べてみようと思う内に、深い眠りに引き込まれていった。

それが快いものかどうかは、自分でもよくわからなかった。何か夢を見ていた気がするけれど思い出せない。でも大事な夢だった気がする。

「ごめんなさい、起こすつもりじゃなかったのよ」

唐突に眠りを破ったのは母の手だった。寝ている私の体にフリースを掛けようとしたのだ。飛び起きて、本能的に身を縮こまらせた。心臓が破裂しそうなほど、激しく暴れている。

「……暑いから、必要なかったのに」

「でももし風邪をひいたら困るでしょう？　丁度いいわ、起きたのならお茶にしましょう。下りてらっしゃい」

起きたのではなく、起こされたのだ――そう思ったけれど口には出さなかった。喉がカラカラに渇いていたからだ。それに顎が妙に重い。眠りながら歯を強く噛みしめていたのだろう。

最近時々あるのだ。入院中担当看護師の西宮さんが、酷いようならマウスピースを付けて寝た方がいいと勧めてくれた。後で母に相談してみよう。

心臓が落ち着くまで数分待ってから、先に部屋を出て行った母を追いかけるようにリビングへ向かった。母さんはリビングのローテーブルに紅茶を用意していた。

「今ブラウニーを温めているのよ。マシュマロを乗せたの、遠子ちゃん、大好きでしょう？　ダージリンでいいわよね？」

時計を見ると丁度午後三時だ。三時のおやつに上等な紅茶と手作りケーキ。けれどリビングから見える庭は、膿んで腐り落ちている。

くるみとマシュマロを混ぜて焼いたチョコレートブラウニー。食べる前にマシュマロスプレッドを乗せてもう一度オーブンで軽く温めた、母お手製のブラウニーは、濃厚なチョコレートと、マシュマロの濃密なバニラの香り。温めてあるので香ばしく、食感はさらにねっとりとして、時々サックリとしたくるみが歯を小気味よく刺激する。

紅茶も緑茶のようなさわやかな香りだ。発酵の軽い茶葉なんだろう。

「おいしいでしょう？」

先にお菓子と紅茶に口を付けた私に、満足げに聞いてきた。答えに戸惑っていると、母が表情を曇らせる。

「やっぱり……味がわかりにくいの？」

香りと食感は楽しい。だからこんな風に言いたくないけれど、実際に感じる味は何もかもが薄い膜に包まれているように、ぼんやりと精彩を欠いている。これは甘い物だ、辛い物だ、というのはわかる。けれどどれもこれも、かろうじて飲み込めるような、『美味しい』からほど遠い物ばかりだ。

答えられなかった私に、母は失望したようにため息を一つ漏らしたけれど、すぐに作り笑いを浮かべて見せた。

「でも、回復するかもしれないって先生も言っていたし、きっと大丈夫よ」

大丈夫、大丈夫、と、母は毎日呪文のように繰り返している。でもそれは、私を勇気づけているというよりは、自分に言い聞かせてるみたいだった。

「……庭、手伝う？」

「いいわ、一人で出来るから」

「でも」

「必要ないって言ってるでしょ！」

母が機嫌を損ねそうだったので、そのために話題を変えたつもりだったのに、母は突然声を荒らげた。でもすぐに我に返ったように、紅茶を一口飲んで心を落ち着けていた。

「……お母さんね、習い事とか、もう全部辞めたから」

やがて母がぽつりと呟くように言った。

「今年は去年みたいな春先のドカ雪もなかったし、雪解けが早かったのに、その後しばらく長い雨が続いちゃったから、みんな枯れたり腐ったりしてしまったの。でも見苦しいわよね。すぐになんとかするわ」

紅茶を見下ろしながら、母が言い訳のように言う。

「辞めたのは、私のせい？」

「『せい』なんかじゃないわ。きっとお母さんも悪かったのよ。これからは毎日ちゃんと家にいるわ。ご飯の味がわからない事も、お庭の事も、貴方はなんの心配もしなくていいのよ。そのかわり、これからはなんでもお母さんに話してね」

母はずっと、私に対して罪悪感と、そして強い怒りを感じている。私が母を裏切ったと思っているのだ。『わたし』は死のうとしていたことを、母にひとつも相談をしていなかったらしい。

だけど「どうして話してくれなかったの？」と何度聞かれても答えられない。本当にわからないのだ。だのに母は記憶を失っている事を、どこか疑ってさえいる。そんな気がする。

だから余計に自分に非はないと、そう周囲にアピールしているのだ。自分は娘を理解できない、愚かな親ではけっしてないのだと。自分のせいで娘が死のうとした訳ではないと。自分が完璧な母親である事を証明しようとしている。

　正直そんな母の行動に、なんの意味があるか理解できない。誰に見せつけると言うんだろう。家には私と母さんしかいないのに。

「大丈夫よ、絶対にやり直せるわ。仲のいい母娘って言われてたでしょう？　私たち」

　妙に熱っぽい目をして、また湿った手が私の手を掴もうとしたので、慌ててお菓子を食べたがるふりをした。味はわからないけれどこの匂いは大好き。そう言うと母はやっと満足そうに微笑んだ。

「ねえ、部屋の模様替えがしたいの」

　触れようとする手を避けたと気づかれないように、母に新しい話題を振った。母はどうして？　という風に片眉を上げる。

「先生も生まれ変わったと思ってって、言ってたでしょ？　もうちょっとすっきりしたいなって」

「確かに遠子ちゃんのお部屋、いつも散らかっているものね」

　妙に納得したように母が頷いた。どうやらその印象は私だけじゃなかったようだ。

「それにあなたのお部屋だもの、好きにしたらいいんじゃないかしら。買い直したい物があれば言ってくれたらいいわ」

　さすがに机やクローゼットは買い換えられないだろうから、せめてカーテンやベッドカバーを変えたいというと、母は快諾してくれた。明日買いに行こうという事になった。今夜はあのベッドで我慢するしかないが、仕方がない。

夕食までの間に、少しでも作業をすることにした。途中一度のぞきに来た母が、「まるで遺品整理みたい」と呟く。それに答える言葉が見つからなくて、聞こえないふりをした。

でも確かに遺品整理かもしれない。せめて『わたし』が本当に大事にしていた物は残すべきだろう。日記か何か残していてくれたら良かったのに。一見して今の私に、『わたし』が大事だった物が見つけられない。

一応写真類は残した。手紙のような物も。一番悩んだのはぬいぐるみだ。どれも必要には思えないけれど、全く生活に関係ない代物だからこそ、なにか特別ないわれがあるかもしれない。

少なくとも、子供の頃に遊園地で買ってもらったネズミや、亡き祖母が誕生日にくれた舶来物のクマは捨てない方がいいだろう。こっちのデフォルメされた飛行機のぬいぐるみは、いかにもゲームセンターでとった雰囲気だけれど、これだって思い出の品かもしれない……そんな風に悩んで、結局ぬいぐるみは全部残しておくことにした。クローゼットの中に眠って貰おう。

お菓子のパッケージやガーランド。無駄に数の多いクッションは全部処分した。大きな鏡をデコレートしていたステッカーもすべて剝がした。鏡の向こうから、不思議そうに私が私を見返す。いや、それとも『わたし』が見返してきているんだろうか？

クローゼットの中に入っていた服は、甘ったるい少女感を残したガーリィなものばかりだ。退院の際、母が用意したものをあまり意識せずに身につけたが、今日の私は不思議の国のアリスをモチーフにしたような、青いエプロンドレスと、黒いカチューシャを付けている。そんな私を、『わたし』がとても険しい顔で見つめてきた。

「そんな顔しないで。ただ、もう少し居心地良くしたいだけよ」

『わたし』に話しかけても、返事はない。当たり前だ。でも返事がないなら、続けて問題は無いだろう。

部屋中に貼り付いた『わたし』を引き剝がすように、部屋中の色をゴミ袋に放り込んでいく。カーペットも処分しよう。顔を出した焦げ茶色のフローリングの方が、しっくりとくる。

そうだ、カーテンは病院のように白くしようと思っていたけれど、焦げ茶にしよう。床の色にリネン類も合わせたい。棚には何か緑も置こう。あと、真っ白い飛行機も要る——。

「……飛行機？」

そこまで考えて、ふと自分の想像に戸惑った。

「どうして飛行機？」

思わず自問自答する。そんな物、『わたし』は好きだったろうか？　それとも新しい私の興味を惹くものなんだろうか？　私の脳裏には、華奢で、シンプルな真っ白い飛行機のイメージが、くっきりとあった。

一体何だろう。咄嗟に調べようと体が動いて、スマートフォンを持っていないことに気がついた。部屋を探しても、充電器が見つかっただけだ。

「ああ……そうか」

私は川に飛び込んで死にかけた。スマホを持ったままだったとしたら、壊れてしまっているだろう。あまり期待出来ないと思いながら母に尋ねると、もっと残念な答えが返ってきた。

「荷物はほとんど見つからなかったのよ、お財布とか、学校の鞄も」

ご丁寧に、通学鞄ごと飛び込むなんて。私は通学鞄と心中したいほど、学校が好きだったんだろうか？　それとも中の物と一緒に心中したかったのだろうか？　自分と一緒に消し去るために。

「じゃあ……新しいものに、買い換えてもいい？」

これからの生活でスマホがないのは、『わたし』はよくても私が困る。とはいえ自分の意志で破損して紛失したのだから、新しい物を欲しがるのは虫が良すぎると自分でも思う。現に母さんはすぐに返事をしてくれなかった。

「貯金があるようなら自分で買います。もし無かったら、その時は一時的に立て替えてもらえたら……」

あれだけ無駄なものにあふれた部屋で暮らしているのだから、『わたし』がきちんと貯金をしているようにも思えない。それ以前に今の私には財布すらない。

「………」

キッチンで夕食の支度をしながら、母は険しい表情でしばらく黙っていたけれど、やがて諦めたように「そうね」と言った。

「確かにお友達とのおつきあいにも支障が出るだろうし、連絡がつきにくいのも考え物よね。防犯のこともあるし、明日それも買いに行きましょう。そのかわり、これからはなんでも細かく連絡して頂戴ね」

不本意さにあふれた声で、ため息交じりに母は了承してくれた。

何もかもを新しく始めなおすのは、大変なことだ。夕食までの間、私は自分の住みよい空間を作るのに苦心した。

結局遺書も日記も見つからなかった。ごちゃごちゃした机の引き出しは、古いプリントや筆記用具、そんなものであふれかえっていたけれど、大事そうなものはひとつも見当たらない。一つだけわからなかったのが、しっかり封をされた封筒だった。濃いブルーで、差出人も宛名もない。振るとカサカサと音がした。何か硬い小さなものが入っているのが分かった。

開けて咎める人がいるだろうかと考えた。けれど『わたし』の机の中にあったのだから、私が開けても構わないだろう。たとえ咎められても、いくらでも言い返しようがある。

それでも慎重に封筒を開けた。ご丁寧にノリで貼ってから、マスキングテープで貼ってあるのを、封筒を破らないように注意を払って、手近にあったカッターの刃を封筒の隙間に滑り込ませていく。

やがてぱりぱりと小気味よい音を立てて、封筒が口を開いた。

「………鍵？」

中には手紙は入っていない。ただ『N228』とピンク色のプレートのついた鍵が一つ入っているだけだった。家の鍵ではない。もう少し単純な造り。てっきり勉強机の鍵なのかと思ったら、そうではなかった。

少なくとも、他に部屋の中で鍵の必要な物は見つけられなかった。もしかしたら学校で使っていたのかもしれない。

夕食は母と二人だった。「せっかく遠子ちゃんが退院したのに」と母は不満そうだったが、父は仕事で遅いらしい。それ自体に対して、残念だという気持ちはなかったけれど、不機嫌な母と二人の夕食は好ましくなかった。

母は話がしたかったようだったけれど、煩わしさと睡魔が私をベッドへ駆り立てた。十勝産のマッシュルームがごろごろ入った煮込みハンバーグは、きっと美味しかっただろうが、今の私には灰色の味だ。

鍵のことを母に聞いたけれど心当たりはないようで、あまり取り合ってくれなかった。それより彼女は、ハンバーグが美味しかったかどうか、嬉しかったかどうかが聞きたいらしい。しきりに私が子供の頃からハンバーグが好きだったと言っていたけれど、好きなのは和風ハンバーグで、デミグラスソース仕立ての煮込みハンバーグはむしろ嫌いだった筈だ。

だからこれは私でなく、カレーよりハヤシライスが好きな母さんの嗜好だ。思ったけど口に出さなかったのは、今の私に味覚がないからで、味がわからないのも時には良いものだと思った。早々に切り上げて、さっさと部屋に戻る。昼間よりも『わたし』のベッドに対する抵抗感は和らいでいたけれど、それでも中には入りたくなくて、結局バスタオル一枚で寝た。夏で良かった。

夢の内容は相変わらず覚えていないけれど、一度自分の叫び声で目が覚めた。心臓が暴れている。ぼんやりと天井を見上げていると、父が帰ってきたらしい。時計を見ると零時を過ぎた所だった。こんな時間まで働いているなんて勤勉だと思ったけれど、母さんにとっては許せないことらしい。

玄関で二人が、声を押し殺して言い争っているのが聞こえた。原因が私だとわかっていたけれど、再び襲いかかってきた睡魔に抗えなかった。

眠りに落ちる前、夢と現実の狭間で、また白い飛行機の模型が見えた。楕円の翼が青い空を、高く高く飛んでいくのが。

部屋の模様替えは順調に進み、新しいスマホも手元にやってきて、私の生活が本格的に始まった。母は小さな子供のように監視して、世話をしたがった。まるで私の為に一分でも長く何かをすることが、一番大事だというように。

朝からオーブンを使って、一口サイズのケーキを焼いている母の姿には、さすがに違和感を感じざるを得ない。私は何を食べても同じなのに。せめて朝ぐらいは、オートミールやシリアルといった簡単な物でかまわない。栄養さえ取れればいいのに。

けれどそう母に言うと、彼女は「楽じゃなくていいのよ。どうせ他にやる事なんてないんだから」と言った。笑顔だったけれど、お前のせいで、他のすべてを喪ったのよと、母のもう一つの声が聞こえたような気がした。

けれど彼女が私をただ憎んでいるようにも思えない。彼女の怒りは、やっぱり『わたし』を愛してくれていたからなのだろう。そしてまた私が川に飛び込むのを恐れてる。もうそんな事をしないと何度言っても、母はそれを信じられないのだ。

最初は部屋の掃除と言って、部屋に閉じこもることが出来たけれど、片付いてしまうと一人になる理由を作れなかった。だから仕方なく、まだ部屋の片付いていないフリをした。大事な捜し物も残っていたからだ。

新しいスマホを手に入れた。今はクラウドがあるので安心していたのに、肝心の自分のアカウントがわからなかった。メールアドレスは母や父に聞いて調べだしたものの、パスワードがわからないので設定できない。

大手SNSで、自分の名前や思いつく限りのハンドルネームで検索をかけてみた。『わたし』の残した言葉が知りたかったのだ。どうして『わたし』が死んだのか。どうして川に飛び込まずにいられなかったのか。

それとなくブログをやっていなかったか母に尋ねても、母は急に怒ったように、そんなもの調べなくていいという。私に自殺の理由を聞きたがるくせに、私に調べなくていいという矛盾はなんだか気持ちが悪かった。

とはいえ、家にいても何もやることがないのだ。これからの事はゆっくり考えましょうと言われている。だけどいったい何を考えれば良いというのだろう。

家に戻って三日目で、とうとう部屋でする事が無くなってしまった。

気晴らしに散歩に行きたいと言っても、必ず母が同行する。どこに行くの？　とことあるごとに聞かれながら歩くのは不自由だ。

それに私は高校生の筈だ。高校一年生。既にもう三週間以上学校を休んでいる。単位は大丈夫だろうか？

「私、いつまで家にいたらいいの？　そろそろ学校に行きたいんだけれど……」

河川敷を母と二人で、会話もなく小一時間歩いた帰り道、そう母に訴えた。

「学校……？」

「そろそろ行かないと、進級できなくなるわ」

母はそれを聞いて、大きなため息をついた。

「学校のことは……お父さんとも話し合ったんだけれど、転校した方がいいんじゃないかしら」

「どうして？」

「どうしてって……」

母はその理由を自分で説明できないようで、ただ困惑した表情で言葉を濁した。

「自殺した理由は、学校にあるの？　でも行町先生は、いじめの記録は無いって言ってたわ」

勿論学校側の言い分だ。事実とは異なる可能性も否定は出来ない。両親はそれを心配しているんだろうか？

「とにかくお父さんが帰ってきたら、話しましょう」

「でも父さん……遅いんじゃないの？」

「大丈夫よ。今日は木曜日だから」

「木曜日？」

なぜ、木曜日だと平気なのかはわからなかったが、それ以上母は私と口を利かなかった。母はウォーキングで上がっていた息を更に乱しながら歩みを早め、話が出来ないと私にデモンストレーションしてみせたようだった。

そのまま母は取りあってくれない様子なので、どうしたものかと思いあぐねていると、母の言うとおり父は珍しく早く家に帰ってきた。三人でそろって夕食を食べるのは、家に帰って初めてのことだ。

「まだ早いんじゃないか？」

学校のことを話すなり、父は開口一番そう言った。平静を装っているようだったけれど、彼は無駄に時鮭の塩焼きを箸でつついて、結局口に運ばずに、グラスのビールをあおった。

「十分体は元気だわ」

「体はそうかもしれないけれど、先生も時間をかけた方がいいっておっしゃってたでしょ？」

父のグラスにビールを注ぎながら、母も言う。

「何もしないで家の中に閉じこもっている事で、いったい私の何が変わるの？」

「…………」

私の反論に、父と母は答えられなかった。二人とも顔を見合わせて、そして意味ありげに何かを飲み込んだ。

「まあ……なんにせよ、色々と準備があるから、すぐに行くのは無理だよ。少なくとも学校は変えた方がいい」

「学校を変える？　どうして？」

「そりゃあ、あんな事があったんだから。通うのは都合が悪いだろう？」

当たり前だという風に言う父に、首をかしげて見せた。

「あんな事って……別に今は生きているのだからいいでしょう？　いったい何の都合が悪いというの？」

「何のって……」

母が再び口ごもった。まるでこれ以上は話せないというように。いったいなんだろう、ちり、と奇妙な違和感が私の心臓を刺激する。

「とにかく、今週いっぱいは家で休みなさい。週末はキャンプに行こう」

けれど追求するのをはぐらかすように、父が急に明るい口調で言った。

「キャンプ？」

「ああ。もう何年も行ってない。遠子は星空を見るのが大好きだったのに」

「そうね。遠子ちゃんが小学生の頃に行ったっきりよね」

　確かに私は星が好きなようだ。天井にも貼り付けているし、引き出しから数ヶ月前に行ったとおぼしき、帯広や釧路のプラネタリウムの半券が数枚出てきたのだから。

　そこから二人が、とって付けたように『昔楽しかったキャンプの思い出』を話し始めたので、私は仕方なく食事に専念した。二人が何かを隠している事を確信しながら。

　遺書も残さずに、川に飛び込んで自殺しようとした。死の理由は誰も知らない――そうではないのだろうか？　両親は何か知っている？　それとも、これ以外に他に何か二人が隠している事があるんだろうか？

　そのまま二人に話を聞ける雰囲気ではなかったので、シャワーを浴びてすぐにベッドに入った。二人のかたくなな姿勢を、簡単に崩せない気がしたからだ。

　眠りの淵に落ちる少し前、また目蓋の内側で白い模型の飛行機が飛んでいるのが見えた。同じ物がないか調べてみたけれど、ネットで売っている模型とは少し違うようだ。もっとシンプルで、真っ白で、試作用といった感じがする。

白い軌跡を追いかけている内に、私は意識を手放した。

早めにベッドに入ったせいか、体力が随分回復したからか、その日は珍しくはっきりと夢を覚えていた。

傾き始めた金色の太陽。赤みがかった雲のたなびく空。真っ白い欄干に落ちる影。

橋の上――十勝大橋だ。音更と帯広をつなぐ橋。

近くにど派手なガソリンスタンドと、十勝毎日新聞の青い看板が見える。もっと向こうには、鈴蘭公園のこんもりとした木々。斜張橋はまっすぐ前から見ると、重なってワイヤーが見えないので、まっすぐ空に伸びた白い塔のようだ。

不思議な事に、自分が夢の中にいるとわかった。奇妙に体がふわふわしているのに、不思議と足だけが重くて思うように歩けない。

歩道の横を、何台も車は通り過ぎていくけれど、歩いている人は少ない。自転車とすれ違ったけれど、誰も私たちを気にする人はいなかった。

そう、私たち。

私は無言で、帯広から音更に向かって橋を歩いていた。すぐ隣に別の誰かの気配を、息づかいを感じる。隣に誰かいる。わかっていたけれど私も、その誰かも、お互い一言も口を利かなかった。

けれど橋の真ん中近くまでさしかかると、隣の誰かが早足になった。濃霧をまとったように、はっきりと顔の見えない誰かが、おもむろに橋の欄干に腰掛ける。川を背負うようにして。

──来て。

そう言って手招きして、誰かが私に手を差し伸べる。私を誘うように。

歌うような声だった。低い声。

私の意志に反して、体が動いた。『わたし』の意志だとわかった。『わたし』は躊躇（ためら）うことなく、その手を取った。ひっそりと冷たい手だった。

『誰か』がそのまま、背中から宙に身を投げる。うねるような濁流に。『わたし』の手を握ったまま──。

体ががくんと跳ねる衝撃で目が覚めた。

夢だ。ただの。だけどまだ心臓が激しく肋骨の下でうねっている。

「……何これ」

ドッドッドッドというリズムを押しとどめるように掌を胸に押し当て、私は浅い呼吸を繰り返した。ひどく息苦しい。めまいがする。

それでもなんとか息を吸い込み、深呼吸が出来るようになると、心臓も落ち着いてきた。もしかして私は毎晩この夢を見ていたのかと、また噛みしめていたらしい、痛くて重い瞼に気がついた。

今のはいったい何だろう？　汗の浮いた額を撫でる。時計を見ると深夜三時を過ぎた所だった。

「…………」

体の中の嵐が収まると、疑問が次々に鎌首をもたげてきた。今の夢は、記憶の再現なのだろうか？　それとも妄想なのだろうか？　なにより、私の隣にいたのは、私を手招きしたのは誰なんだろうか？

ベッドから出てカーテンを開けた。今日は日中暑かったけれど、夜は随分気温が下がっているらしく、また窓の外は深い川霧に覆われて、電灯の光が青白く、おぼろに光っているだけだ。見えるのは外の景色ではなくて、ナイトスタンドの明かりに照らされた私の姿だった。

「貴方はだれ？」

ガラスに映った瞳に問いかけても答えはなかった。

「私は、だれ？」

窓を開けると、湿った冷たい空気が幽霊のように、私の頬を撫でて通り過ぎていった。

翌日、母に夢のことを聞こうと思いながら、結局言い出せなかった。どうにも母には話がしにくい。肝心なことははぐらかされてしまうし、下手なことを言うと泣かれてしまう。

父はどうやらまた帰りが遅いらしい。水曜日と金曜日は特に遅いと母が言っていた。

その晩もあの夢を見た。同じように心臓が壊れそうになったけれど、改めて自分の中の何かが壊れているのだと再認識した。

私の体は恐怖を感じているはずなのに、肝心の心の方は無反応で、「ああ、またあの夢か」と思うくらいだ。毎日死ぬような夢を見ているのだから、眠るのが怖くなってもいいぐらいなのに。

その翌日、父が私を近郊のキャンプ場へ連れて行ってくれた。テントなのかと思ったら、わざわざコテージを借りたらしい。あまりキャンプに来た感じはしないが、父に言わせると母はテントや寝袋で寝るのが好きではないらしい。

日が傾き始めた頃、近くの川で、父は魚を釣ると言って私を誘った。

優しい流れの川だ。少し泥臭い香りがする。そこで父は三十分ほどでニジマスを二匹釣った。うち一匹は五十cm近い。

「大きいね」

炭火で焼いて食べるにも随分時間がかかりそうな、立派なサイズのニジマス。てらてらとした体の真ん中に、一本赤みがかった虹色の線がある。そうか、だからニジマスなのかと、クーラーバッグに入れられた一匹を、指先で突っつくと父が笑い声を上げた。

「魚なんて気持ち悪いと触りたがらなかったのにね」

本当に別人みたいだ、と父は呟いた。でも不思議と母のように、それを強く嘆いているようには見えない。

「やってみるか？」

人数分釣りたいのか、もう一匹と粘っていた父が、川の中から言った。私は首を横に振った。

「いいわ。川に入りたくないから」

「ああ……そうだな。お前はもう、川なんて入らない方がいい」

単純に濡れるのが嫌だったのだが、父はそうは取らなかったらしい。そんな事を特に意識していなかったが、そのまま父が黙ってしまったのが残念だった。学校のこと、そしてあの夢のことを聞きたいと思っていたからだ。

しばらく沈黙が流れた。私も父も黙ったままだ。ただ川の水の流れる音と、虫の声、そして遠くシギのヂヂヂヂヂという囀り（さえずり）だけが聞こえる。

このままこうしていてもいいかもしれない。父との時間は、少なくとも母に感じるような閉塞感はないから。けれど明日家に帰れば、待っているのは閉じられたドアだけだ。

「私、やっぱりもう、学校に行きたい」

「……ああ」

このタイミングは逃せないとお願いすると、父は返事はしたものの、なかなかそれに続く言葉を継いでくれなかった。

「許してくれる？　転校はわざわざしなくていいでしょう？　それなら、すぐに登校出来るわ」

「そういう訳にはいかないよ。やっぱり父さんは、学校を変えるべきだと思うんだ」

「それは前にも言ったでしょう？　私、誰に何を言われても気にしないわ」

「状況は、お前が思っているほど芳しくないんだよ、遠子」

父は深くため息をついた。苛立っているように、竿の先を何度も揺らして。

「何がどんな風に？　話してくれないとわからない」

怒られてしまうかもしれないとは思ったけれど引けなかった。父はしばらく流れる川面のうねりを見つめ、やがて竿を引き上げた。残念ながら魚はついていない。

「……お前に、もう一つ言ってない事があるんだ」

「ええ」

もう釣りをする雰囲気ではないとでもいうように、父は釣り竿を手に川から引き上げてきた。

「みんな、お前が忘れているなら、そのまま思い出させない方がいいと、そう思っていることがあるんだ……聞いてお前が喜ぶような事ではないし、正直なんのメリットもないと思うんだよ」

父は出来るだけ、私が興味を抱かないように、言葉を選んでいるのだと思った。私がじゃあ聞かなくていいと、そう言うのを待っているように。

「……私、川に飛び込んだ時、一人じゃなかったの？」

だからずっと、一昨日から心でくすぶっていた言葉を口にした。父がはっと息を呑む。

「覚えてるのか？」

「覚えてるって程じゃない。ただそんなイメージっていうか……夢を見た」

父が釣り竿をケースにしまう手を止めて、低く唸った。

「夢か……そのままお前の思い違いだと言っても、信じないだろうね」

頷くと苦々しい表情で父は俯いた。深く。またため息と共に。

「いいわ。父さんと話して確信したから、話してくれないなら後は自分で調べる」

そう言って父に背を向け、コテージに戻ろうとする手首を、強く摑まれた。濡れた指ぬきのフィッシンググローブが、皮膚に擦れて痛い。

「……一緒に、飛び込んだ男の子がいた」

他人の口から聞くよりはと思ったのか、とうとう父は覚悟を決めたように、喉の奥から絞り出した。

「男の子？」

「そうだ。しかも残念ながら彼はお前と違い、そのまま命を落としてしまったんだ。その事で、きっと誰かが何か言ってくるだろう……学校の先生もその事を心配しているんだよ」

十勝大橋は、それなりに人通りがあった。私ともう一人の『誰か』が飛び込む瞬間は、数人の人が見ていた。だから私は救助が早かった。だけどそれもいくつか幸運が重なっていたという。

「つまり、その子は助からなかったの？」

私が受けた恩寵は、私だけが特別だったのか、その子がことさらに不運だったのか。

父は問いかけに、ゆっくり頷いて見せた。

「彼は……川に飛び込んだ四日後に発見されたよ」

私はたまたま運良く、中州に乗り上げた流木に引っかかった。おかげですぐに救助されたし、丁度近くの病院の先生が駆けつけて、救命措置を行ってくれた。彼の掌が、再び自分で動き出すまでの、私の心臓になってくれたのだ。

でももう一人の、その男の子は違った。一緒に飛び込んだのに。

来て、と手招きした低い声が、耳の奥でこだまする。

「お前だけでも助かってくれたことは嬉しい。だけど世の中の人は、必ずしもそう言ってくれるとは限らない。彼はクラスは違っても、遠子と同じ学校の生徒だったんだ」

「じゃあ……学校の生徒は、心中の事を知っている訳ね」

だから両親達は、かたくなに私に転校を勧めてくるのだ。だけど少なくとも、学校には『わたし』を知る人がいるだろう。友人はそれなりにいた筈だ。だったら一人ぐらい、『わたし』が死のうとした理由を知っているんじゃないだろうか？

「ただ、お前とその男の子が親密な関係だった様子はないらしいんだ。それに目撃していた人達は、彼が最初に飛び降りたって言っているんだよ。だからもしかしたら、お前が男の子を止めようとして、一緒に落ちた可能性もある」

思案する私の姿を見て、てっきりショックを受けていると思ったのか、父はそう慰めるように言った。

「……だったら、気にする必要はないんじゃない？」

「なんだって？」

「どっちみち、今の私はそういう事で悩んだりしないわ。それならわざわざ学校を変える労力をさく必要ないと思う。それに……どこの学校に行ったって、悪いことは噂で広がるものよ。そうでしょ？」

肩をすくめて言うと、父は眉間に深い皺を刻んだ。父が仕事上で巻き込まれたトラブル。他人の不正を背負い込む形で、警察に逮捕された時の事を暗に示したと、彼も気がついたのだ。父はある政治家の秘書をしていた。

隠す為に隣町に引っ越し、学校も変えたのに、私が実際に通い出す頃には、我が家の噂はすぐに新しい学校にも広まっていた。けれど結局『わたし』は、充実した中学校生活を無事送ることが出来たのだ。

「人の興味なんて次々にうつろうものだから、心配しなくてもすぐに別の話題になるわ。だからわざわざ学校を変える必要なんてないでしょ。ほんの一時的に我慢をすればいいだけ。噂話は新鮮さが一番大事。新しい生け贄が見つかれば、すぐに風化して忘れ去られる」

「でも今回は、状況が違いすぎる」

「いいえ他人には同じよ。重さが違うのは当事者達だけ。そんな事より早く授業に出たいわ。このままだと進級に響くから。今のほんのわずかな時間のトラブルよりも、もっと未来を考えたいの……せっかく助かったんだから」

本当のことを言えば、そんなに先のことを真面目に考えたわけではなかった。けれどどう言えば父の心に響くかは知っている。彼は意外と先の見通しが出来ない。『今』心が震えれば、それに衝動的に飛びついてしまうのだ。

「そうだな。遠子の言うとおりだ。確かにお前は助かったんだ！」

案の定、父は瞳を赤くして、声を震わせた。手首を握る力がぎゅっと強まる。痛かったけれど、私は努めて愛想笑いを浮かべて見せた。

母はあまり父に逆らわない。逆らえないのではなく、逆らわない。大事な事は父に決めさせたいのだ。そうして自分に責任を背負わせたくない。何かあったら父を責める側にいたいからだ。

だからコテージに戻った父が私の学校復帰を母に告げると、彼女はとても不本意そうにそれに従った。さも「貴方がそういうから仕方なく」の体だ。もしかしたらそれで私がもっと窮地に立たされればいいと思っているかもしれない。母は父を糾弾したがっている、そんな気がする。

せっかく釣った立派なニジマスも、母は喜ぶどころか焼けるのに時間がかかってしまうと迷惑そうで、結局一口サイズに刻まれて、唐揚げにされてしまった。

数日間の間に、父と母の足並みのズレが見えた。いや、見えたのではなく、これはもともと『わたし』が抱いていた印象なのだろう。『わたし』は二人が上手くいっていないことに気がついていた。

けれどそれが自殺の理由かといえば、そうではない気がする。なんとなく、『わたし』はそんな殊勝な性格には思えない。

尤も、私には『わたし』の事はよくわからない。自分のことと言われても、まったくぴんとこない。他人の生活と人生に、無理矢理押し込まれているような気持ちだ。

だけどその理由が、その夜初めてわかった気がした。

両親とコテージに泊まった夜、私はもう一度夢を見た。いつもの夢だと思ったけれど、視点が違った。空と、白い飛行機の模型。そして、『わたし』。

私は『わたし』に手を差し伸べ、「来て」と言った。橋の欄干に腰掛けて。

恐怖はなく、不思議とただ自由だという気持ちだけが、胸を支配していた——濁流に呑み込まれるまで。

宇津瀬志信（うつせしのぶ）。

それが『わたし』の、いいや『彼』の名前だ。思い出した。『志信』と『わたし』が夢の中で呼んでいた。目が覚めて、はっきり思い出した。

勿論父の告白のせいで、記憶が混乱しているのだろう。現実的なことを言うのなら。

だけどもう一つ、非科学的な考えが私の心にひっそりと浮かび上がった。

幸運の量が決まっているとしたならば、『わたし』と『彼』は、それを二人で分け合った。二つの魂を守るために、私の体に全部を閉じ込めて。

二つの魂が一つの物になるなんて事は、あり得るのだろうか？　そもそも、本当に魂なんて存在するんだろうか。

私は『わたし』の事も、『彼』の事もわからない。二人とも他人のように感じる。二人がひとつになったのか、それとも全く別の魂なのか、それすらわからない。不可思議な物を無条件に信じられるほど、私は幼くはない。だけど――だけど確かに感じる。自分の中に別の何かが存在しているのを。

夜中、一人起き出して、コテージの洗面所の鏡に触れた。無機質な表情の私が見つめ返して指先を合わせてくる。指先は冷たい。鏡の中の自分は何も言わない。そのまま額を寄せても、ただ冷たい感触が返ってくる。

死んだ理由が思いつかないように、生きる理由も思いつかなかった私に、やっと目標が一つだけ生まれた。モノトーンのようにはっきりと。

「探さなきゃ」

思い出さなきゃ。見つけなきゃ。

『わたし』を、『彼』を。

この体を生かすために、なくしてしまったものたちを。

週明け、登校の意志を学校に伝えると、両親同様学校側も驚きを見せた。行町先生がわざわざ会いに来てくれて、小一時間話し合った。最終的に彼も、私が学校に戻るということに賛成してくれた。

私が『わたし』とは別人だという事を、彼は理解してくれた。もしかしたら理解しているフリかもしれないけれど。その上で、今の私に何が必要なのかよく話し合った。『わたし』は『彼』と川に飛び込み、そして『彼』だけ亡くなってしまった。その事実は変わらない。私はこれから一生、それを背負って行かなければならないのだから。鞄ごと失くしてしまったので、学校の教材や、制服（もう着れる状態ではなくなっていたらしい）を揃えなおしたり、ＩＤを再発行して、結局それから丁度一週間後、登校が決まった。

躊躇いよりも、使命感が勝った。学校には二人を知る人達が居る。大人が教えてくれないことを、きっと他の生徒達から聞くことが出来るだろう。

わざわざ会いに来てくれた校長先生が、大変な勇気だと褒めてくれた。でも正直言うと、勇気でもなんでもない。毎晩自分の死ぬ瞬間の夢を見ることに、恐怖や不安を感じないように、周囲が案じるような一念発起の意識はないのだ。

痛みは感じない。

ただ知りたいという思いだけが、私の原動力になった。

『わたし』が学校に通っていたというのは確かなようで、知らない気がしていた高校の事は体が覚えていた。動く手足に従うまま、玄関、靴箱、そして教室へと向かう。担任は久保田綾子（くぼたあやこ）という、三十歳手前の女性だ。登校日の前日に挨拶しに行った時、彼女は私と目を合わせてくれなかった。

年齢よりも少し上に見える。よく言えば真面目で貞淑、悪い言い方をすれば堅くて融通の利かないタイプ。登校日は彼女の元に行って、一緒に教室に行くと言われていたけれど、まどろっこしいことはしたくなくて、私は直接教室に向かった。

既に何人かの生徒が登校してきていた教室。散々SNSなんかで、寝る前も話しているはずなのに、一晩明けてまだ話したりないというように、楽しげにみんな話に花を咲かせている。この朝の熱気は嫌いではないと思った。

窓辺に一輪だけ花が飾ってあった。オレンジ色のガーベラ。母も大好きだが、確かガーベラは傷みやすいはずだ。茎にたくさん毛が生えていて、水が汚れやすい。毎日きちんと水を換え、茎の先を切ってやらないとあっという間に枯れてしまう。実は手のかかる切り花だ。そこに久保田先生の性格を見た気がした。

壁に国語教師らしい達筆で、『It is no use crying over spilt milk（こぼれてしまったミルクについて嘆いても無駄だ）』と書いて貼ってあるのも、彼女の感性だろうか。意外に絵心もあるのか、倒れたグラスと零れたミルクの横に、たっぷり満たされた牛乳瓶が描かれている。酪農大国十勝らしい標語と言えなくもない。

「あ……」

教室に一歩足を踏み入れた私に気がついた女子生徒の一人が、ぎょっとしたように目を見開いた。まるで亡霊を見ているように。大丈夫、貴方は間違ってないわ。半分くらいは当たってる。

「おはよう」

正解を知らせる為に、笑顔で女子生徒に朝の挨拶をした。

「お……おはよう」

つい釣られて応えてみたものの……という感じだ。非難するように、隣の生徒に肘でこづかれていた。すっかり教室は静まりかえって、クラスメート達は全員私を見ている。すべて好意的な眼差しでない事は、一目でわかった。

その中で、一人の少女だけが私を不思議そうに見ている。

「う、わっ」

その時すぐ後ろで驚く声がしたので振り返ると、大正ロマンもかくやのお下げ髪に、丸いメガネをかけた女子が、更に瞳をまんまるくして身をこわばらせていた。

「矢作さん⁉……もう、大丈夫なの？」

「ええ。多少の問題は残っているけれど、健康面の不安は解消されているわ」

「そ、そう……」

廊下で立ちすくむように、日誌を抱えていた少女の目には攻撃性はなかった。怯（おび）えてはいるようだけれど。でもここは怒りの巣だ。ここで暮らしていくためには、ちゃんと味方を見極めなきゃいけない。誰が本当に私のことを好いていて、憎んでいるか。

強い者に右にならえで好き嫌いを決める子達じゃなく。そういう子を引き入れるのはもう少し後だ。

「もしかしたら貴方が来るかもって、先生が言っていたけれど……本当に来たのね」

頷くと、彼女は少しほっとしたように息を吐いた。

「じゃあ何か力になれる事があったら言ってね——でも良かった」

「良かった？」

「うん。私、今日の日直だから。矢作さんを欠席に○つけなくていいんだと思って」

メガネの下の童顔が笑う。私も目を細めた。多分この子は敵じゃない。

「ありがとう。じゃあさっそくだけど、私、実はここ数ヶ月の記憶が曖昧になっているの、席を教えてくれる？」

「ああ、そうなんだ。えっと……そこよ」

彼女に案内されて、教室に入ると、刃のような空気が私を迎えた。おおっぴらにブーイングが起きなかったのは、むしろ意外なほどだ。けれど各自が洩らした吐息は、出来ることなら私を教室から吹き飛ばしてしまいたいのだと伝わってくる。

特に女子達はトゲを出し、互いに絡まりあった茨の茂みのようだ。

さて、どうしよう。席について思いを巡らす。日直の彼女は、私の敵ではないけれど、

『わたし』の親しい友人ではなかったようだ。仲が良かったのなら、私を『矢作さん』とは呼ばないだろう。

だったらあの茨の中に、かつての『わたし』の友達がいるはずだ。こんなに嫌われている理由は勿論だけれど、『わたし』の痕跡のありかを知る子はいないだろうか？　ブログのURLや、SNSにアクセスする為のパスワード。かつての『わたし』の履歴から、『わたしと彼』を探るためには、あの絡みついた茨を解かなければ。

そんな中、茨から離れた場所で外を眺める少女が目に入る。さっき不思議そうにこっちを見ていた子だ。彼女は何者だろう？　注意を引かれていると、不意に後頭部に刺すような痛みが走った。

「つっ」

ぱさり、紙が落ちる音がする。振り返ると、ルーズリーフで折られた紙飛行機が、床に三機墜落していた。どうやら茨の中の誰かが、私に向かって放った物らしい。拾い上げると、赤いペンで書かれた文字が透けている。

『もう一度死になおせ』

『お前が死ね』

『人殺し　二度と学校に来るな』

紙飛行機を開くと、中にはそんな言葉がくっきりと記されていた。見れば同じ筆跡だ。ややや右上がりの『お』と、『な』のまるまった部分の形が似ている。

茨達に振り返ると、中でも一人、とても挑むような目で私を見ている少女がいた。

「…………」

仕方ないので席を立つと、彼女たちにどよめきが広がったのがわかった。けれど日直の方へ向かう。彼女は教卓に寄りかかって、日誌を記入しているようだった。

「それ、見せて貰ってもいい？」

「どうしたの？」

メモを片手にページを繰る。ちなみに今日の日直、目の前の彼女は荻月貴香（おぎつきか）。月貴香か。月はどんな香りがするんだろう。

「ありがとう……荻さん」

「前みたいにつっかでいいよ？」

日誌を返すと、日直が小首をかしげて言った。曖昧に笑みを返す。彼女と親しくなるかどうかは、まだ決めていないからだ。丸顔で鼻の頭にそばかすの浮いた、おさげの彼女は好ましいけれど、味方は慎重に選ばないといけない。

でも今はまず敵探しだ。茨姫は誰なのか。薄々わかっていたけれど。

嗤っている茨達の前にメモを片手に歩み寄る。時計を見ると、もう朝のホームルームが始まるまで五分ほどしか無い。早々に片付けよう。私はひそひそ笑いで私を見ていたくせに、いざ近づいてくると動揺の色を見せた少女達ににっこり笑いかけた。

「檜山千晶さん？」

茨達がさっと中央の少女を見た。案の定、一番私に挑戦的な眼差しを向けていた少女だ。前髪ごときっちりポニーテールにしていて、つり目が強調されているが、広いおでこはむしろ愛らしい印象だ。

「……何よ」

まるで赤ちゃん人形のような顔に、鼻の頭に皺を寄せて露骨に不快感を顕しながら、檜山千晶が睨んできた。

「これを返しに来ただけよ」

彼女の顔の前に紙飛行機だったルーズリーフを突き出す。彼女は目を細め、ふい、と顔を背けた。

「私が書いたって証拠あるの？」

「貴方の字だわ。そこの日誌で確認した。綺麗だけど、やや特徴のある文字だったから間違いないでしょう」

「だから何よ」

ふん、と鼻を鳴らして檜山千晶とおぼしき女子が鼻白んだ。残り三分。

「HRが始まる前に済ませたいので、手短に言うわ。私が何を言いたいかと言えば、私が自殺未遂をしていたことをあなたは知っていて、意図的にこのメモを送ってきた。貴方のメモを苦に、私がまた自殺未遂などをして怪我を負ったとしましょうか。たとえ私が死なないでも、十分に傷害罪や恐喝罪で貴方を告訴できるとわかっている？」

「……はぁ？」

「被害届けではなくて、告訴よ。法的義務が発生するので、警察は貴方を捜査しなければならなくなる。こんなメモでもね。傷害罪の時効は十年、恐喝罪は七年。二十六歳まで私に怯えて暮らさなきゃいけなくなるって、理解した上でやっているの？」

「な……何言ってんのよ、バカじゃないの？」

みるみる檜山嬢の顔が青ざめていくのがわかる。けれど、それでも仲間達の手前か、彼女は強気の姿勢を崩さない。

「理解できなかったのなら、もっと手っ取り早い話にしましょうか？　誰かに自殺を決意させることはまず、自殺教唆罪に問われるけれど、例えば私の死の原因がこのクラスにあって、貴方が私にこのメモによって『これではもう一度死ぬしかない』と思わせたとすれば、それは教唆罪ではなく、もはや殺人罪に問われることになる。まわりの貴方たちも共犯ね」

さすがに周囲の茨たちもざわついて、まるで私は関係ないという風に、檜山嬢から露骨に体を離したり、さも時間だという風に、そそくさと席に戻る子もいる。

「さあいったいどれがいい？　この他愛ないメモで、どんな罪に問われたい？」

もう一度メモを突き出すと、周囲から仲間が消えたことを横目で確認し、檜山嬢はかっと怒りに頰を赤くして、メモをつかみ取った。

「貴方の言葉がナイフなら、私にだって言葉に刃を持つことができる……でも、私は貴方を引き裂くつもりはないわ――今の所はだけど」

「……うるさい、黙れ」

耳元でささやくように言うと、檜山嬢がかすれた声で毒づいた。

「貴方は楽しい悪戯をしたつもりかもしれないけど。世の中には冗談では済まないこともあると知るべきね」

丁度そこで担任の先生が教室に入ってきたので、自分の席に戻る。それまで私を面白がって見ていたくせに、隣の男子が通路につきだしていた足を、怖がるようにさっと引っ込めた。人間とは現金なものだ。

担任の先生は、一瞬だけ席に着いた私を恨めしそうに見たけれど、何もなかったようにＨＲを始めた。

「先生、一人多い気がするんですけど」

当然教室の中は少し変な雰囲気だ。男子の一人が笑いを含んだ声で発言する。

「そうですね、矢作さんが今日から授業に復帰します」

担任はそう、まるで天気の話でもするように応えると、それで話は終わりというように連絡事項の伝達を始めた。

「……それだけかよ」と、男子が言う。クラスがざわついたけれど、彼女はスルーした。別に私は触れて欲しい話題ではないので、むしろ好都合だったけれど、教室の雰囲気は悪い。担任は生徒に好かれていないようだ。檜山嬢が懲りずに、「あの人耳がついてないいんじゃない?」と嗤う。

誰に何を言われても大丈夫なように、事前に備えては来たけれど、これは前途多難な気がする。『わたし』はこの教室で、いったいどんな数ヶ月を過ごしてきたんだろうか。

でも幸い、朝の先制攻撃が功を奏したようで、周囲の空気は変わった。鋭い牙で私を喰らおうとしていた人達は、昼休みにもっと弱い者を狙うことにしたらしい。あの窓側の少女だ。

彼女を無理矢理会話に巻き込んで、当人にはいじめと変わらない『いじり』をされているのを見ていると、月貴香が話しかけてきた。

「どうかした?」

「いいえ」

「そう？　あ、一ヶ月分授業が遅れてるでしょ？　補習があるとは思うけれど、一応明日ノートをコピーして持ってきてあげるね」

「親切にどうもありがとう」

「ううん。気にしないで、私クラス委員だから。まあ自分で立候補したわけじゃないけど……それより、もし良かったら、一緒に校庭でお弁当を食べない？」

彼女が私と群れたがっているのがわかった。この教室でほとんどの女子は檜山嬢の派閥に属している。恐らく月貴香はそれになじめていないのだ。

もしかしたら入れてもらえないのかもしれない。孤高が好きなのであれば、私にまとわりついてこないはずだ。

欲しいのは『未来』の友人ではなく『過去』の友人。『わたし』の友達だ。でも情報源は一つでも多い方がいい。彼女は友人を、私は真実を。一応利害関係は一致したようだ。

「なんだか……矢作さんじゃないみたい」

彼女に誘われるまま、校庭に移動すると、口を開くなり月貴香が言った。今日は天気がいい。空が青く高い。気持ちいいというには照りつける日差しが強すぎるので、藤の枝が絡みついたパーゴラ下のベンチに腰を下ろした。

「そうかもね」

かわいらしいロールラッピングのパンを、サンドウィッチバッグから取り出す月貴香ににっこり微笑むと、彼女が丸いメガネの向こうでそっと頬を赤らめた。

「それより、あの窓側の子なんだけど」

「ああ、木庭(きば)さんの事？　木庭美白(みしろ)さん。矢作さんが休んでる間に転校してきた子なんだけど……」

転校生。どうりでクラスに馴染めてないわけだ。私がいない間の生け贄ということだろうか？

月貴香は何かを言いたそうに俯いて、手の中でラッピングサンドを転がしている。二人の間に沈黙が流れた。

「遠子でいいわ」

「え？」

「貴方がつっかなら、私は遠子でいいでしょ？」

月貴香がまた頬を赤くする。そばかすがくっきりと色濃くなる。

「実は私、とっても困っているの」

月貴香は私が本当に自分の味方なのか、思いあぐねているのだろう。だから距離を縮めることにした。「内緒にしてね」と念を押した上で、記憶を失っていることを話すと、彼女はとても神妙な面持ちで耳を傾けてくれた。

秘密の共有は、あたかも約束の糸を互いの小指に結びつけるようなものだ。彼女はぐっと私との距離を縮め、やがて肩が触れあう距離でロールサンドを口に運びながら、クラスの近況を話しだした。

「最近、すっかり千晶ちゃんはクラスの女王様のつもりなの」

「最近？」

「遠子がいなくなってから」

元々、檜山千晶は中学校ではおとなしい子だったらしい。所謂高校デビューというヤツだろうか。書道部に属してから、明るくなったという話もあるそうだ。パフォーマンス書道で有名らしい。

「私、彼女と親しかった？」

「うーん……なんていうか、遠子も書道部に入ってたし、一緒にいた時はあったけれど、遠子は千晶ちゃんの事が嫌いだったんだと思う。川に飛び込む前は……お互いに無視しあってるみたいだった」

『わたし』は入部一ヶ月で部活を退部してしまったらしい。我ながらいい加減な性格だ。だからこそ、友人を数ヶ月で替えることも出来たのだろうか。

「千晶ちゃん、前はあんな風じゃなかったのに、ここ一ヶ月にずっとあんな感じ。とにかく誰かを痛めつけて、自分の方が偉いんだって思い知らせてるみたいに」

「マウンティングというヤツね」

母の用意してくれた、味のないお弁当。甘いのか塩辛いのかわからない卵焼きを飲み込んで答えると、つっかは頷いた。

「木庭さん、転校してきてからずっと、授業以外は図書室に籠もってる」

「それは賢明ね」

「そうかな？　逃げていてもしかたないと思うから、もっとクラスに関わった方がいいって誘ってるんだけど。みんながみんな、千晶ちゃんが正しいと思ってないはずだから
――遠子だって、そうでしょ？」

やっと仲間を見つけた、そう言いたいのだろう。月貴香がぎゅっと手を握ってきた。

「そうね……でも、そんな残酷なことはやめた方がいいわ。そっとしておいたら？」

「でも、教室で、彼女が千晶ちゃんに絡まれてるの、見たでしょう？」

非難するように、私の手を握る月貴香の手に力がこもる。

「逃げ場があるなら、逃げていればいい。戦う事が学校生活じゃないんだから」

「…………」

まんまるい顔の月貴香。穏やかそうに見せかけて、彼女はどうやら芯が強そうだ。毎夜姿を変える月とは裏腹にフレキシブルではないらしい。

彼女は失望したように、少し拗ねた表情で手を解いた。

「ねえ、それより……宇津瀬君の事なんだけど、私、彼と親しかったかな？」

仕方ないので話題を変えた。もう少し慎重に話を進めたかったけれど。

「覚えてないの？　彼のことも」

不機嫌そうな声が返ってきた。月貴香と私の間に、薄い壁が出来てしまったのに気がついた。

「うっすらと、その日の事を夢に見るだけで、彼のことは全く思い出せないの」

私たちの心中理由がはっきりしない事もあってか、ニュースではほとんど取り上げられていない。川から転落して、一人救助されたけれど、『彼』だけが死んでしまったと小さく新聞に載ったくらいだ。

いじめなどの可能性も払拭できないと、学校側で箝口令を敷いていたのかもしれない。両親や先生方も教えてくれないし、私ははっきりと、『彼』の顔も思い出せなかった。

素直にそのことを打ち明けると、また月貴香の警戒心が薄れた。私を憐れと思っているのだろう。

「……わからないけど、仲のいいところは見てないよ？　少なくとも、二人が一緒に死んじゃうような関係だったって事は、みんな知らなかった。だからすごい驚いたの。特に千晶ちゃんは――」

月貴香が言葉を濁した。

「彼女がなんて?」

「……どっちかが、ううん、遠子が突き飛ばしたんだろうって。目撃した人が、先に落ちたのは宇津瀬君だったって言ってたらしいから」

「そんな事しないわ。彼が憎くて川から突き落としたなら、私も一緒に飛び込まないでしょう?」

「そっか……そう言われたら、そうだよね」

初めてその事に気がついたように、月貴香は瞬きをした。

本当は、彼が私を手招きしていたと、そのことまでは彼女に言えなかった。だけど間違いなく、お互い同意の上だった。

「でも、もっと自暴自棄だったのかもよ? 彼を殺して自分も死のうっていう……」

そこまで言って月貴香がくしゃっと顔を顰めた。自分でもおかしな事を言っていると思ったようだ。

「『わたし』、そういう子だったと思う?」

「ううん。言ってて違うって思った」

そもそも二人の間に障碍(しょうがい)らしい障碍だってあったようには思えない。理解できない表情は月貴香だけでなく、私も同じだ。

「……それも、まったく、覚えてないの？」

　思わず俯いて額を抱えていると、おずおずと月貴香が聞いてきた。

「都合がいいことって思うかもしれないけれど……でも私の体は一度死んだの。心臓は一回確かに止まっているのよ。なんとか動き出したけれど、頭の中の壊れた部分はまだいくつも治ってないし、治るかどうかもわからない」

　それが悲しいとは思わない。残念だとも。辛いとも。だけど何も感じないわけじゃなかった。ただ焦りだけがあるのだ。焦燥感と言えばいいんだろうか？　じりじりと体の深い部分が、弱火で炙られているようにひりつくのだ。

「……多分、遠子が考えている以上に、遠子は色々なところが壊れちゃったんだと思う。私は、今の遠子も好きだけど」

　言いにくそうに、月貴香が言った。

「そう？」

「うん。だって前は……前は遠子がクラスの女王様だったんだよ。千晶ちゃんみたいにやたらめったら意地悪じゃなかったけど、でもみんな逆らえないのは遠子の方だったと思う」

　くしゃっとラッピングペーパーを丸めて、月貴香が低い声で言った。

「私が？」

行町先生が、『君は、強い立場の生徒だった』と言ったことを不意に思い出した。そして更に私は戸惑った。理由はやっぱり、学校にはなかったんだろうか。だったら、どうして『わたし』は死んだんだろう。

放課後、月貴香の協力で、宇津瀬君の家の場所を調べて貰った。彼女は心配そうに同行してくれると言ったけれど、行くのは別の日だと言って断った。一人で訪ねたかったからだ。

帯広のバスは、どの路線も帯広駅を始点に広がっている。駅前から家の方ではなく、柏林台(はくりんだい)の方に向かった。ＪＲ柏林台駅の南側、柏林台団地の方に、宇津瀬君の家はあった。

母一人、子一人の家庭だったという。スマホのナビを頼りにたどり着いたのは、思っていたよりも古いアパートだった。

学年でも成績上位、顔は中の上で、なにより笑顔が魅力的だったという。大人受けも、そして男子受けも女子受けも良い生徒だったそうだ。いわばクラスのアイドルが住むにしては質素すぎる佇まい。

恐らく彼は、生前は家に友人を呼んでいなかったのだろう。

『宇津瀬君、特定の誰か一人と仲が良かったわけじゃなかったみたいなの。誰にでも愛想は良かったけど、実際は仲がいい友達がいなかったのかもしれないって』

月貴香がそう教えてくれた。葬儀にはたくさんの人が集まったし、彼が愛されていた事は確かだけれど、彼もまた、死んだ理由のわからない生徒だった。誰も彼の心の内を知らなかった。

「宇・津・瀬……ない」

住所の部屋の前に立ったけれど、表札は出てなかった。でも人の住んでいる気配はある。引っ越してしまったのだろうかとも思った。そもそも自分は訪ねてどうするつもりなのだろう。

貴方の息子さんと心中未遂をした生徒です。そう母親に挨拶をしたら、彼女はどうするだろう。母のように泣き喚き、怒り狂うだろうか？

衝動的に家に来てはみたものの、結局インターフォンを押せずにいると、不意に玄関で物音がした。慌ててアパート横の大きなツツジの木の陰に隠れる。やがてアパートから一人の女性が出てきた。

「…………」

第一印象は、『若い』だった。

母と違って薄化粧で、ショートカットでデニムに白いチュニック姿の快活そうな人だ。

残念ながら、何か特別な感情はわき上がらなかった。魂の一部が反応するような、そういう劇的な展開はなかった。

ただ、不思議な確信のようなものは感じた。間違いなく彼女が宇津瀬君の母親だと。

その人は部屋の前に駐めていた自転車を腕で押しながら、空を見上げた。日は少し傾いてきたけれど、まだ濃い色の青空が広がっている。昼間よりも風が心地よい。彼女は空を仰ぎ見て、嬉しそうに目を閉じ、深呼吸を一つした。

晴れやかな笑顔だった。

なぜだかその事に、強く強く惹かれた。ずっとそれを、見ていたいと思った。

「——何を、やっているんだろう、私」

やがて自転車にまたがって、宇津瀬君の母親が通りに出てしまってから、不意に我に返った。

本当にいったい、何をやっているんだろう。ポケットの中でスマホが震えている。母から何度もメッセージが届いているのを無視しているのだ。

見たくないと思った。このまま家に帰らなかったら、私の母はどうするだろう。

とはいえ、帰らないわけにいかない。母のお小言になんと答えようか悩みながら家に向かうと、玄関に母が立っていた。

「遅かったわね」

「久しぶりに友達に会ったから、話が弾んじゃったの」

「連絡をしてっていったでしょう」

なんの為にスマホを新しくしたと思うの？　――母にそう言われると、返す言葉がない。

「でも……まだ六時よ？」

「時間は関係ないの！」

母が声を荒らげたので、慌てて家の中に入るように促したけれど、母は動こうとしなかった。

「お母さん……ごめんなさい。お説教は家の中でちゃんと聞くから」

「お説教ですって⁉　貴方と連絡がつかない間、私がどんな気持ちで待っていたと思うの！」

途端に、頰に痛みが走った。一瞬何が起きたかわからなかった。

母が力一杯私の頰をひっぱたいた。

頰がじんじんした。けれどそれ以上に気になったのは、母の手のひらの熱さだった。

「……お母さん、熱があるわ」

「私のことなんていいのよ」

母自身も、私をぶったことに驚いているようだった。彼女は真っ赤な顔で、叩いた自分の掌を、隠すように胸に押し当てている。

「そういう訳にはいかないわ。家に入ろう……」

もう一度母の背中を押す。毒気が抜けてしまったのか、母は今度はおとなしく家に入っていった。夕食の支度は済んでいるらしい。父が帰ったら、お味噌汁を温めて、とあれこれ指示する母を、寝室に連れて行く。

何か必要なものはないか聞いたけれど、一人にして欲しいと言われた。かまわないで欲しいと。母は疲れているのだとわかった。

「遠子ちゃん」

言われるまま部屋を出ようとすると、母に呼び止められた。

「今日ね、貴方の洋服を片付けていて思ったんだけれど、もう小さくないかしら」

そういえば、少し肩の辺りが窮屈な服が数枚あった。

「明日はまっすぐ帰って頂戴……いいえ、駅前で待ち合わせしましょう。服を買ってあげるわ」

「お母さんの熱が下がったらね」

ベッドで目をつぶってそう言った母の手を解き、約束するように握手をした。母がほっとしたように深呼吸を一つしたので、そっと部屋を出る。

険しい表情のままの母の横顔を見てドアを閉めながら、私はもう一度、無性に宇津瀬君のお母さんに会いたかった。

空腹感より疲労感の方が強かったので、そのままリビングでTVでも見ようとソファに腰を下ろすと、ローテーブルの上に母のスマホを見つけた。待ち受けは、数年前家族で東京の遊園地に行ったとき、みんなで撮った記念写真で、母らしいと思うと同時に気が重くなった。電話帳を開くと、登録件数は少ない。しかもほとんど親戚ばかりだ。メールもほとんど家族や親類のものばかり、その中には一通も『わたし』のメールはない。母と『わたし』がやりとりしてないとは思えないので、恐らく履歴を全部消去したのだろう。どうして？　と思った。母は本当は何か知っているんだろうか。

もう少し本格的に調べようと思ったが、父の車がカーポートに入ってくる気配がしたので、慌ててスマホをテーブルに戻す。

そのまま父と二人で野菜たっぷりの中華ちらしを食べながら、とりとめない話をした。父は母と違って、やたらと感情的にならないので気が楽だ。

お風呂に入った後、最近すでに日課になりつつある、スマホの検索を始めた。自分や宇津瀬君に関係しそうな言葉を片っ端から検索して、『わたし』を探す。でもそれらしい情報は見つからない。机の中から出てきた鍵も、いったいどこに何を閉じ込めた物かもわからないのだ。

鍵はお財布に入れてある。学校にロッカーでもある事を期待したけれど見つからなかった。

それでも今日は色々収穫があった。やっぱり学校に行って良かったと思う反面、ますます『わたし』がわからなくなった。

天井に残した北斗七星とオリオン座。ミザールとベテルギウスを見上げる。天井に星を描いた彼女は、今どこにいるんだろう？

私はいったい誰なんだろう。


狭い空間で常にマウンティングが行われている教室は、肉食動物の檻に放り込まれたような趣がある。けれど家にいるよりはずっとマシだ。おびひろ動物園に来たと思えばいい。道道216号線沿いに眺めるトラとアメリカバイソンと同じだ。

必要ないことには関わらなければいい。自然と居場所がわかる自分の中に、かすかに『わたし』を感じるような気がする。

二日目は初日よりずっと楽だった。月貴香以外の女子は私に話しかけてこようとしなかった。面白がっているようなのは男子の方だったが、意地の悪いことをされたわけではない。

むしろ朝から女王風を吹かせる檜山嬢を見て、男子の一人が私にわざと聞こえるように、「うぜー、通報しろよ」と言っただけだ。

もしかしたら私にというより、檜山嬢を牽制していたのかもしれない。けれど男子の気持ちもわかった。機嫌の悪い彼女はまるで気の強い小型犬のように、キャンキャンよく吠えるのだ。必死に縄張りを誇示するように。

どうして人はこんなにも、心を昂ぶらせるんだろう。穏やかに暮らせばいいのに。

それまで取り巻きの一人に当たり散らしていた檜山嬢が、登校してきた木庭に気がついてにっと笑った。

月貴香はまだ来ていない。彼女がいたら、間に入るだろうか？　いや、月貴香も結局自分を守りたいのだ。遠巻きに見守って、事が済んでから、大丈夫だった？　と優しい言葉を掛けるだけだろう。

木庭は少し垂れ目で、髪はふわふわの天然パーマだ。それを耳の上で左右二つに分けて縛っている。少しおどおどしている仕草が、何かに似ている気がした。

――ああ、そうだ。子供の頃大好きだった、絵本の中の垂れ耳の犬だ。主人公の友達で、二本足で歩き、人間のように暮らしている。名前はシロ。そういえば、転校生の名前も木庭美白だ。

そう思えば、なんだか彼女のことが好ましいような気もしてきて、自分の席に着こうとする姿をそっと見守った。彼女は周囲の視線に気がついているようで、居心地悪そうに椅子に腰を下ろし、机の中に教材を入れようとして、そこで何かに気がついたように突然手をひっこめた。

なんだろう。そう考えているのは私だけではなく彼女も同じようだ。不思議そうに机の中に手を入れて、そして大きな物を引き出した。

「……え？」

彼女の小さな驚きが聞こえた。

それは大型の図鑑のようだった。いったい何を扱っているのかはわからない。なぜなら、表紙がズタズタに切り刻まれていたからだ。

「ひでえ！　それ、高い本じゃねえの？」

思わずといった調子で、隣の男子が声を上げた。

「何よそれ、本、ぼろぼろじゃない」

更に檜山嬢の取り巻きの一人も言う。

「私じゃない」

シロが小さな声で否定した。

「はあ？　そんな言い訳通用すると思ってんの？」

「これは弁償だな」

「綾子に出禁にされるぜ、図書室」

周囲が口々にはやし立てる。

「本当に私じゃないの！」

とうとうシロも大きな声で否定した。

「へえ、そうなんだ？　でもその本借りてきてたの、ちょっと前に見たけど？」

そんな風に、少し意地悪な口調でシロを責め始めたのは、茨姫檜山だ。獲物をいたぶれるのが楽しくて仕方ない表情。

「だけどちゃんと返却したの、昨日の放課後に」

「だったら、なんでここにその本があるっていうの？」

「そんなのわかんない！」

相手にしないで逃げたらいいのに——そう思ったけれど、ぼろぼろの図鑑を胸に抱いて、今にも泣きそうな表情のシロに、私は嘆息した。

「やってない事の証明はできないけれど、事実には理由と痕跡が残る。図書室の返却リストを確認してから言ったらどう？」

こんな争いに介入する為に学校に来たわけではないけれど、檜山嬢が私との軋轢（あつれき）のストレスを、シロにぶつけているような気もする。だから仕方ない、私はシロに助け船を出した。

けれどフン、と檜山嬢が鼻を鳴らして不敵に笑う。

「昨日は図書委員が不在だったから、自分で返却手続きして、返却棚に戻すシステムだった筈よ、私も昨日本を返しに行ったから間違いない。IDで返却処理を済ませて、そのまま棚に戻さないで持ち帰っていたら、本を好きに出来る」

やけに自信たっぷりだ。

「じゃあそれなら、同じように貴方も、棚から彼女の返却した本を抜き取ってくることが出来たという事よね」

「……なんですって？」

「犯人は木庭さんではなくて、彼女を陥れたい『誰か』かもしれない」

教室が静まりかえった。いつの間にか、月貴香も登校していた。教室中の視線が檜山嬢に集中している。

「な……なによ！　私を疑ってるの？　入室にはIDが必要だし、入室者リストを先生に確認してもらえばいいわ。私は木庭より先に図書室を使った。本を盗むなら、後に図書室に入った人間が犯人でしょ！」

「そういえば委員長も昨日図書室に行ってたよね」

そんな茨姫の反論を聞いて、慌てて取り巻きの一人が言った。

「どうして私が？　そもそもクラスの生徒じゃないかもしれないじゃない！」

突然の飛び火に、月貴香が身をこわばらせる。

「そんなに焦るってことは、委員長が犯人なんじゃないの？　そういえば、委員長もよく図書室に行ってるよね。木庭が自分勝手だって言ってさ。その時、木庭が何を借りてるか見てたんじゃないの！」

きっとそうよ！　と、茨姫が断言すると、お取り巻きも賛同した。檜山千晶の目は充血して泣いたように赤い。どうして、何をそんなに怒って、憎んでいるんだろう？　何がそんなにも、彼女の心を猛り狂わせるんだろう？

でもそんな疑問の答えはすぐに出た。檜山嬢と目が合ったからだ。まっすぐ、燃えるまなざしが私を射貫いた。彼女が何よりも憎いのは私だろうか。それとも『わたし』？

檜山千晶と『わたし』は、以前友人だったと月貴香は言う。二人が離れた理由は何なんだろう？　それを少しでも知りたくて、檜山嬢の瞳を見つめ返そうとした時、教室に担任の久保田綾子が入ってきた。

「先生！　酷いんです。木庭さんが、図書室の本をこんな風にダメにしてしまいました！」

第一声、檜山の取り巻きが担任に颯爽と報告する。

「違います！　私はなんにもしてません！」

木庭がそれをすぐに否定したけれど、先生は教壇で「まあ、本当に酷いわ」と小さく呟くように言った。

「木庭さん。残念だわ。親御さんに相談させてもらうわね。あとスクールカウンセリングも受診しましょう」

「え？」

　ワタシジャナイ。ワタシハヤッテナイ。そう木庭が何度も呟いて、首を横に振る。でも先生はそれが聞こえないように、深いため息を一つついた後、笑ってない目で微笑んだ。

「仕方ないことなのよ」

「でも私、本当に――」

「いいのよ。大事な物を壊したくなる衝動は、貴方みたいな年頃なら仕方ないの。自分の体を大事にできなくなるみたいにね。みんな誰しもが感じることだから、心配しなくていいの。だけど外に向かって攻撃的なのは恐ろしい事だわ。誰かを怪我させたり、犯罪に結びつく前に、きちんとカウンセリングで診て貰いましょう」

「そんな……」

「過剰な承認欲求の現れ……と言えばいいのかしらね。わかってるわ。自分を抑えられなかったのよね？」

　担任はそう気持ち悪いぐらい優しい声で言った。完全に犯人は木庭だと決めつけて。本を手に取りもせず、他に何も誰も調べずに。教室の中には、木庭が犯人じゃないと考える生徒が私や月貴香の他にもいたのだろう、ざわざわした雰囲気になった。

「先生。でも犯人は木庭さんじゃなくて、委員長の荻さんかもしれないんですけど」

怪訝そうな表情で手を上げて、自分にしっかり注目を集めた檜山嬢も発言した。けれど久保田綾子はフっと軽く笑い飛ばした。

「荻さんがそんな事するはずないでしょう。だから犯人は木庭さんです。でも皆さんそっとしておいてあげてください。こんなに嘘をついてまで、無実のフリをしているんですから、気をつけないと教室で暴れてしまうかもしれません」

酷い言葉を笑顔で放って、まるで何事もなかったようにHRを始めようとする久保田先生を前にして、とうとう木庭は我慢できなくなったように席から立ち上がり、走って教室から逃げだそうとした。

「いや！　痛い！」

けれどその手を、久保田先生が摑む。そのまま乱暴に腕を強くねじ上げて、木庭を席に押し返した。

「絶対に逃がさないわ。また飛び降りでもされたら困るんだから！」

恐ろしい剣幕だった。ひっと木庭は身を縮こまらせて床に尻餅をつく。そしてとうとう、彼女はすすり泣き始めた。子供のように。

木庭の哀れな姿と、先生の鬼気迫る姿に教室は静まりかえっていた。やがてその沈黙を破ったのは、檜山嬢の笑い声だった。

はじめはクスクス笑い、でもそれははっきりとした嘲笑に変わった。釣られるように他の生徒も笑い出す。無情な笑い声の中、無表情に木庭を見下ろす久保田先生。その視線がやがて私を捕らえた。

『また飛び降りでもされたら困るんだから』

その言葉が、耳に残っていた。

そのまた、はおそらく『わたし』の事だ。生徒が飛び降り自殺したクラスの担任。しかも遺書もない。周囲はまず学校のことを調べようとしただろう。『わたし』のせいで、彼女はどんな重責に晒されてしまったんだろう。

ウロのように昏い目の久保田を見て、『わたし』の死が、こんなにも誰かに影響を与えてしまった事に、改めて気がついた。家の中に私を閉じ込めようとする母と同じだ。責任ある大人達は、こんなにも『わたし』の事で、心を摩耗している。

残酷な笑いで満ちあふれる中、席を立つ。はっとしたように久保田先生や他の生徒達が見たけれど気にせず木庭の元へ行った。

すすり泣くシロに手を差し伸べる。そういえばこんなシーンが絵本の中にもあったと思った。優しくて甘えん坊のシロ。その時は置いてきぼりが悲しくて泣いていたんだっけ。

木庭美白は、困惑したように私の手を取った。

「あなた――」

何か言おうと久保田先生が口を開きかけたのを、睨むように一瞥して拒む。シロを引っ張って立たせた。

私よりも頭一つ分身長の低いシロ。彼女を自分の席に戻らせると、今度は自分の席に戻って、ガタガタ机と椅子を木庭の隣に引きずって行く。そして窓と彼女の席の隙間に、半ば強引に押し込んだ。

「や、矢作さん、ちょっと……」

久保田先生も困惑している様子だ。だけど無視した。一番驚いているのはシロの方だ。

彼女の胸のネクタイを解き、私の右手と、彼女の左手を手首で結び合わせる。

「これで、彼女は自由には動けない。危険な人なら、まず私に矛先が向くでしょう。私が刺されたら通報すればいい――だから先生、そんな事より早くHRを始めてください」

先生は驚いたように瞬きをして、けれど時計を見て我に返ったように、また涼しい顔でHRを始めた。

触れあった手と手が熱い。シロは涙で濡れた顔で、私を困ったように見た。もしかしたら怯えているのかもしれない。

『大丈夫』

と、シャーペンで彼女の机に書いた。

大丈夫。母さんの専売特許のような言葉。

母が己を慰めるために使っていたと思ったけれど、自分で使って初めてわかった。これは誰かを大事に思う時の言葉だったのだと。

結局昼休みまで、木庭と手をつないで過ごした。教科担任の先生達は久保田先生から聞いていたのか、それとも私の事を腫れ物のように思っているのか、誰一人触れてこなかった。

昼休みになる頃には、木庭も私に話しかけてくるようになった。教室ではいつも物憂げだったシロ。月貴香と三人で行った校庭の藤棚の下では、意外にころころよく笑った。

私が絵本の話をすると、彼女も読んだことがあったそうだ。心の中で、ずっと『シロ』と呼んでいると打ち明けると、「私、そんなに犬っぽいかな?」と不満そうに唇を尖らせたものの、まんざらでもない笑顔で「まあいっか」と言った。

あんまり細かいことにこだわらなそうな所も、妙に犬っぽい。

「じゃあ矢作さん——遠子はブリキの木こりみたい。オズの魔法使いのTin Woodman」

「私が木こり?」

「うん。魔女の呪いで、心と体を失った可哀想な木こり。最初は無表情で怖かったけど、実は優しかったから」

そうか、私は無表情で怖いのか。

「確かに、今の遠子はいっつも怒ってるみたいな表情だもんね」

「ここに、皺が」と眉間を指さして、月貴香も頷いた。とはいえ、愛想笑いを必要ない時にするつもりもない。

「いいのよ。私は笑う必要がある時だけ笑うわ」

「笑いたい時じゃなくて？」

不思議そうにシロが首をかしげた。いつか私も、笑いたい時が来るのだろうか。

午後の授業が始まる前にお手洗いに行くと、帰り際、廊下で檜山千晶と鉢合わせした。

「……何かご用？」

相変わらず、彼女は私をまっすぐに睨み付けてくる。まるで目をそらせたら自分の負けだという風に。

「別に」

全く『別に』な態度ではなかったけれど、関わらない方が無難そうなので、私の方から道を譲る。檜山嬢は逆にそれが不満なように顔を顰める。

「……木庭じゃなかったら、犯人は委員長なんだからね」

すれ違いざまに言われ、思わず足を止める。

「月貴香が？」

「まさか忘れたの？　あの子……自分を守るためなら、平気で仲間だって売るんだから。今日だって見たでしょ？　先生に媚びを売って保身してるの。先生はあの子をえこひいきしてる」

唇をきつく結んで、吐き捨てるように言う檜山嬢。嘘を言っているようには聞こえなかった。

「じゃあ本当に、貴方や貴方のおとりまきの仕業じゃないの？」

「……誰？」

肯定や否定の代わりに、檜山嬢の口から疑問が返ってきた。

「え？」

「あんた誰よ？　遠子の顔してるけど、やっぱりあんたは私の知ってる遠子じゃない」

「急に……どうしたの？」

それまで、怒って睨んできていた檜山嬢の顔から、ひっそりと血の気が引いているようだった。まるで幽霊でも見ているような。

「だって本物の遠子なら……私を疑ったりしない」

「檜山……さん？」

けれどその恐怖はまた急に怒りに変わったように、彼女は乱暴にばん、と廊下の壁を叩いた。

「本当に私を疑ってるなら、ＩＤを調べてみたらいいじゃない！　生徒の出入りは、記録されてるから全部バレバレよ。先生に確かめて貰えばいい。先生ならデータをチェックできるから」

「先生って？」

「久保田綾子に決まってるでしょ。司書教諭で図書室の管理も担当してるんだから。彼女なら簡単にチェックできる」

傷つけられた図鑑が見つかった時、そういえば誰かが『綾子に出禁にされる』と言っていた。

「それなのに調べないで木庭を犯人に決めつけたのは、先生は犯人を知っていて、庇ってるからに決まってるでしょ！」

なんでわからないのと言うように、檜山嬢が壁の上で強く拳を握る。クラスを支配する意地悪な茨姫。彼女の言葉をそのまま信じるのは危険だけれど、でも今は嘘を言っているようには感じられなかった。

「委員長は木庭を生贄にしようとしてるのよ。自分の事を守る為に。木庭がいなかったら、責められるのは自分だってわかってるのよ……遠子が何考えて月貴香と一緒にいるのか知らないけど……後悔する前に離れた方が身のためだから」

檜山嬢が吐き捨てるように言った時、予鈴が鳴った。それを合図に、これ以上話すことはないと檜山嬢がきびすを返す。

「待って！」

咄嗟に、彼女の手を摑んで引き留めてしまった。ほとんど反射的に。

「……何よ」

自分でもどうして引き留めてしまったのかわからなかった。いや、嘘だ。わかっている。でも今それを聞かない方がいい。もっとタイミングを見計らうべきだ——と、わかっていたけれど、聞かずにはいられなかった。

「私……貴方に何をしたの？」

火に油を注いだのがわかった。いや、きっと油よりも酷い。

摑んだ手は乱暴に振り払われた。

「……志信君じゃなく、遠子が死ねば良かったのに」

冷ややかに檜山千晶が低い声で言った。遠ざかる背中を見つめながら、改めて『わたし』のした事を考えた。学校に来れば何かわかると思ったのに、日増しに自分が遠くなっていく。

教室に戻って机に頰杖を突くと、ふとミルクの標語が目に入った。牛乳瓶は新しいミルクで満たされているとわかっていても、私はその、零れたミルクを飲み干したかった。

それっきり、檜山千晶は私を見なくなった。目を合わせようとしてもそっぽを向かれてしまう。だけどマウンティングに成功した訳ではなさそうだ。

「どうしたの？　遠子」

放課後、檜山嬢が友人をぞろぞろ引き連れて教室から出て行くのを見ていると、月貴香が話しかけてきた。

「ううん。何でもないわ」

「じゃあさ、あの……ね、今日駅前の長野屋に行かない？　三人で。一階のレストランにデカ盛りパフェがあるんだ。なんか……お祝いって言うのも変だけど、遠子が橋から飛び降りて今日でちょうど一ヶ月なんだよ。無事だったっていう、お祝いをしない？」

「祝うようなこと？」

思わず聞いてしまった。でも月貴香なりに、私のことを歓迎してくれているのはわかる。

檜山嬢は、月貴香を信用するなと言った。無害そうな彼女の横顔を見ながら、言葉の意味を考える。いったいどちらを信用すればいいんだろう。

「シロも行ったことないでしょ？　ね、せっかくだから行こうよ」

「うん……でも私……これから私、先生に呼ばれてるから」

教材を鞄にしまいながら、シロが物憂げに俯いて言った。

「一緒に行くわ」

そんなシロの肩にそっと手を置く。

「でも」

「いいの。さっさと話を済ませて、パフェに行きましょう?」

「じゃあ私も一緒に行く」

ふん、と覚悟を決めるように息を吐いて、月貴香も言った。

「つっかは待っていて。変に先生に目を付けられたら困るわ」

「でも……」

「私は既に嫌われてるからいいの。だから待ってて」

月貴香は悩んでいるようだった。一人安全な位置にいることに。保身が大事と檜山嬢は言ったけれど、それは誰しも同じじゃないだろうか。

月貴香が一緒に戦おうと決断するより先に、シロを伴って久保田先生の所に向かった。

先生は図書室の横の資料室にいるらしい。

訪ねてきたのがシロだけでない事に気がついて、先生は露骨に不快そうな顔をした。

「矢作さん。私は木庭さんと二人で話したいのだけれど?」

「行町先生は同席しないんですか?」

「え?」

「だって、カウンセリングが必要だって言ってたのに。しかも本を引き裂いた生徒ですよ。二人きりになるのは危険じゃないんですか?」

引きつった久保田先生の顔には『嘘』がある。

「そ、そうね。でも私は彼女の担任だから。それに行町先生にはこの後お話しする予定です。まずは木庭さんの今後の事を決めないと。場合によっては停学という可能性もありますから」

『停学』という単語に、ひゅっとシロが怯えたように喉を鳴らした。急に慌てたようにまくし立てる久保田先生の、その動揺を利用して、強引に二人で資料室に入る。キャビネットとラックに、本や書類がぎっしりと詰まった、古い紙の匂いがする部屋だ。

中央には作業用テーブルが置かれ、あのボロボロの図鑑があった。周囲には接着透明フィルムやカッターが置いてある。どうやら修繕作業をしていたらしい。

「だったら、先に図書室使用者のIDなど、公正にきちんと調べてください。それでも彼女が犯人だというなら、その証拠を示した上で、彼女と話をしてください」

「そんな必要無いでしょう。木庭さんの傷を深めるだけだわ」

けれど当然隣のシロが首を横に振った。そもそも身に覚えのない話なのだから。

「どうしてですか?　一番大切な事なのに……それとも先生は、犯人を知っているんですか?」

「知っていたとしても、貴方には話せません。これは当人同士の問題ですから」

普段よりトーンの高い声が、彼女の焦りを顕していたけれど、それでも先生はきっぱりと言った。閉塞感を感じるほど押し込められた紙が音を吸い込む気はするが、先生は声を必死に抑えようとしている。

「だったら、木庭さんは『当人』じゃありません。本当に関係のある人達だけで話を進めてください」

「いい加減にして！」

瞬間的に、それまで担任というオブラートで包んで隠されていた、彼女の本心が溢れた。

「貴方は出て行きなさい、矢作さん。出しゃばるのもいい加減にして！　どれだけクラスをめちゃくちゃにすれば気が済むの⁉」

「……先生」

そこまで言って先生は言い過ぎたと気がついたようで、急に罪悪感を顔に浮かべた。

「と……とにかく、今日は帰って頂戴、矢作さん。貴方とも、近々ご両親や行町先生を交えて、しっかりお話ししようと思っているから……」

思わず感情的になった自分を宥めるように、のど元をさすりながら先生が背中を向ける。はっきりと拒絶を顕して。そうしてシロにパイプ椅子を勧める。シロは不安そうに私と先生を見比べていた。

「先生……どうして『わたし』は死のうとしたんでしょうね」

歓迎されていないのはもうわかっている。仕方なく立ち去るふりをして、そして入り口でそう尋ねた。一瞬、先生が悲しそうな目で私を振り返った。

「『わたし』には多分ちゃんと理由があったんだと思うけれど。でもそれでも、きっとこんなにも周りを傷つけたり、苦しめたりするって事に、気がついてなかったんだと思います」

「……そうでしょうね。貴方のことで、お母さんはとても苦しんでいらっしゃったわ。彼女の方が死んでしまうんじゃないかって心配だった」

先生が視線を落とす。その横顔は怒りでも、悲しみでもない、空虚な表情だ。だけどその奥には、かすかな炎がちらついている気がして、私は確信した。彼女の本心を。

「私……目が覚めても、自分が一人で生きていけるような気がしていました。周りの事なんて関係ないって。でも全然そうじゃなかった」

深呼吸を一つ。

姿勢を正し、私は先生に向かって深く頭を下げた。

「先生、ごめんなさい。私、何にも見えてなかったんです。貴方が私の目を最初に見なかった時に気がつけば良かった。貴方も苦しんでた。『わたし』のした事に罪悪感を抱いて。自分のせいだったかもしれない、自分なら救ってあげられたのかもって、そんな風に思ってくれていた事に」

　再登校の決まった私を、先生はまっすぐ見てくれなかった。罪の色、後悔の色、目の前の『わたし』の姿をした私を見て、前とは違う私に自分の無力さを感じていた。確かに何かは壊れてしまったのだから。

「先生は『わたし』の事を好きじゃなかった。大事な生徒の一人ではあっても。そんな気持ちが、余計に後ろめたかったんですね……でも先生。この方法は間違っていると思います」

「矢作さん……？」

「It is no use crying over spilt milk（こぼれてしまったミルクについて嘆いても無駄だ）——クラスの標語です。一見シニカルだけれど、この言葉には優しさがあるんですよね。倒れたグラスの横には、満たされた牛乳瓶が描かれていました。これは『でも、また注ぎ直せばいい』という貴方のメッセージが込められている。たとえ失敗しても、嘆くだけじゃなくてやり直せばいいと、私たちを鼓舞してくれているんですね」

　確かにこぼしてしまったミルクはもう飲めない。でも、これで終わりじゃない。嘆くよりも行動しよう、そういうポジティブな言葉。

「だから、貴方も行動した。無関心さで彼女を殺さないように——図鑑を引き裂いたのは、木庭さんじゃない。荻さんでも、檜山さんでもない。久保田先生、貴方だったんです」

「な、何ですって⁉　どうして私が？」

ガタンと、先生が動揺して思わず手をついたテーブルから図鑑が落ちる。慌てて彼女はそれを拾い直そうとして、勢い余って椅子を倒した。

「まず一番に、行動力の大切さを訴える貴方が、不正を調べもしないのは不自然です。その上貴方なら入室記録が残っていても当たり前だし、担任で、しかも司書教諭である貴方を誰も疑わない。一番犯行を行いやすい立場です。そして理由もあります」

そう言ってシロを見ると、彼女は先生から逃げるように私に飛びついてきた。

「ごめんなさい。私は木庭さんにも謝らなきゃいけない。先生が本を壊したのは私のせいだから」

「遠子の？」

「ええ……本当に悪いのは『わたし』なの」

久保田綾子は、『わたし』の自殺未遂に本当に心を痛めていた。一命は取り留めたものの、学校に戻ってきた教え子は、別の生き物になっている。母親同様、彼女も思った――ああ、矢作遠子は、あの荒ぶる川で死んでしまったのだ、と。

理由をわかってあげられなかった。あまりよく思っていなかった生徒でもあったから、大事なシグナルを見落としていたのでは、と自分を責めもした。

だからこそ、今発せられているシグナルに、応えなければならないと思った。クラスで居場所のない木庭美白を、絶対に見捨てないと。

「だからと言って、生徒を庇えば不満の声が出る。その事を、貴方は委員長の荻さんの事で学んだ。不安定な立場の彼女を守ろうとした結果、荻さんは余計にクラス内での評価を下げてしまった。今度はもうおおっぴらに木庭さんの味方は出来ない……違いますか？」

滔々と説明する私と視線を合わせずに、先生は倒した椅子を起こし、深く腰掛けた。肯定と否定の代わりに、手で『続けて』と指示して。

「水のように流れる私たちの心を、大人にせき止めることなんてできない。いじめを知りながら、どうして教師達は止めない？　なんて勝手な事を周りは言うけれど、実際に先生一人にはどうする事も出来なかった」

なぜなら私たちに大事なのは、善悪ではなくて『シンクロ』する事だからだ。互いをつなぎ合うシナプス。共鳴し、拒絶し、優劣をつけながら。

単純な善悪や損得で物事を考える大人に、私たちを止めることは出来ない。くだらない、おきまりの価値観に塗り込められた大人達にはもう、私たちの大事な物がわからない。

　それでも久保田綾子は、諦めないと自分に誓っていた。行動を起こさなければいけない。無力感の中でも先生は諦めなかった。

　自殺だけは、もう絶対にさせないと。

　このままでは守り切れないと覚悟した先生は、何もできない代わりに、彼女をここから逃がそうとしたのだ。

「月貴香から図書室にいる木庭さんの話を聞いた先生は、履歴から木庭さんの借りていた本を調べ、彼女を問題児にすることにしたんですね。理由はクラスでのいじめを苦に、ストレスが溜まっているのだと。とにかく両親にそれだけ彼女が追い詰められていると告げれば、再び転校を考えたりしてくれるかもしれない。もしくは不登校でもいい。少なくとも停学という措置で、強制的に欠席させることは出来る」

　最善の方法だとは思えないし、逃げた先がどうなるかもわからない。それでも今この場所から木庭さんを解き放たなければ、今度は彼女が飛び降りてしまうかもしれない……。

「……学校は、勿論来てくれなきゃダメだけど、でも死にたいと思ってまで、来てくれなくていいの。死にたいぐらい辛いなら、逃げていいのよ」

　先生は背もたれに深く背中を預け、宙を仰いだ。ぎ、と椅子が軋む。両手で顔を覆った彼女は、深呼吸を一つした。

「一度ご両親にクラスに馴染めていないお話はしたけれど、あまり真剣に受け取ってくれていなかったの。子供だからすぐに打ち解けるでしょうって、そんな感じだった。でも……彼女はもうそんなに子供じゃない」

シロが小さく頷いた。両親は確かに彼女の苦しい立場を理解していないのだろう。朗らかで子犬みたいな自分の娘が、毎日誰かに傷つけられているなんて、考えもしないのかもしれない。

「本当のことを言えば、大人になったって、死にたいぐらい嫌なことはいっぱいあるわ。大人が大人をいじめないわけでもない。逃げても解決はしない。だけどね、戦うことだけが答えじゃないの。今回逃げても、次は頑張れるかもしれない。もしかしたら仲間が見つかるかもしれないし、その間に心が強くなるかもしれない」

先生はやおら椅子から立ち上がり、窓辺に歩み寄った。裏庭の木々の隙間、フェンスの向こうを走る、ジャージ姿の生徒や、下校する生徒達の姿が見える。

「丁度矢作さんが戻ってくる前の週、金曜日ね。放課後ぼんやり外を見る木庭さんの目を見て、ダメだって思ったの。私ね、矢作さんが川に飛び込んでしまう前、同じ目をしていたのを見たのよ」

「同じ目？」

思わずシロと私は目を見合わせた。

「ええ……だから土曜日と日曜日、怖かった。今度は木庭さんに何かあったらどうしようって。何度もお家に確認しようとした。救急車の音を聞くだけでめまいがしたわ。だから月曜日に登校してきた貴方を見て、やっぱり何かをしてあげなきゃいけないと思ったの」

彼女が図書室を頻繁に利用していることはわかっていた。逃げ場として成立してくれているならいい。本当はそんなに小説など、物語のたぐいを読んでいないから、本は好きじゃないのかもしれないけれど。

だからと、図鑑類の拡充をすることにした。購入した歴史の図鑑は、やや高額ではあったけれど、絵や写真も多く、さっそく借りていった木庭の姿を見て、嬉しく思ったものだった。

月曜の放課後、生徒達が帰った後に返却された本の整理をしていて、先生はその図鑑を見つけた。まだ借りた人間は木庭一人だけ。気がついたら、カッターを握っていた。

本を傷つけるのは嫌だった。

せめて中は傷つけまい。表紙だけだ、戻ってきたらきちんと綺麗に直してあげよう、できるだけ丁寧に。

ぼろぼろになった本は可哀想で胸が痛んだけれど、生徒の命を守るためだ。本は飾り物ではなく、人の人生に寄り添う物なのだから。

そうして先生は木庭の机の中に図鑑を差し入れた。今度は何があっても、自分が生徒の命を守るのだ――。


「先生……でも私、あの日はただ空が青いなって、今日は晴れてるなって……そんな事を考えてたんだよ。別にそんな難しい事は考えてなかった」

先生の思いもよらない告白に、シロはそっと頬を赤らめ、恥ずかしそうに俯いて言った。でも、確かにそのときはそうだとしても、いつか彼女が最悪の決断をしないとは言い切れない。それは私にもわかる。

シロは傷ついた図鑑を指先でそっと撫でた。

「でも……もしそんな風に感じたときは、ちゃんと先生に言うから。相談に乗ってくれますか？」

「本当に？　約束してくれる？　一人で思い詰めたりしないって」

「はい。それに、今は矢作さんや、荻さんもいるから大丈夫」

シロは照れくさそうに小指を突き出した。約束の指切りだ。先生は微笑んでそれを受け、そして私を見た。

「……みんな、矢作さんは変わったって言うけれど、私、そうは思わないわ」

思わぬ言葉に瞬きを返す。自分でも変わったと思うのに？

「矢作さんは元々かわいらしいフリをしているだけで、とっても狡猾な子だった。お友達のことも、都合良く利用していたのよ。人の気持ちを読み取るのが上手かった。どうすれば相手が自分を好きになって、言うことを聞いてくれるのか知っていた。その場その場で、自分がどう振る舞えばいいのかの最善がわかる。だから私……矢作さんのこと、大っ嫌いだった」

でもそのせいで、『わたし』が死ぬのを止められなかった。そんな彼女の罪の意識に、私の方が罪悪感を覚える。

「友達だけじゃなくて、大人のことも手玉に取っていたの。そのくせ、自分はちっとも相手の事なんて愛していないのよ。心なんて持ってないように、笑顔を浮かべて人を傷つけられるの」

驚くほど歯に衣着せぬ言葉。でもこれは、私が知りたかった真実の一つ。

「だから愛想笑いをやめただけで、貴方は前のままよ。そんなに変わってるとは思えない。どうすれば人が自分の方を向くか、貴方はわかってるでしょう？　人の心の動かし方が」

今の私は、ハートを失くしたブリキの木こり。

感情に囚われずに人と話をすることが出来る。感情的な人達は、気持ちが読み取りやすい。友達は必要ない、必要なのは情報源——私はそういう自分を、生まれ変わったせいだと思っていたのに。

「じゃあ……『わたし』は最初から、ハートなんて持っていなかったってこと?」

失ったわけじゃない。そもそも私は真心を持たない悪い魔女だったのか。先生は瞳を細めて、私のつぶやきを肯定した。

「でも……それでも、変わったんだと信じたいわ。少なくとも前の矢作さんなら、木庭さんを守ったりしなかったと思うから」

先生はそう言うと、そっと歩み寄って、私の額に手を伸ばした。

「笑顔が一番とはいうけれど、今の貴方の方がずっといいかもね」

シロ達に言わせると、すっかり平常運転化している眉間に寄った皺に触れて、久保田先生はくす、と優しく笑った。


教室に戻ると、月貴香が不安そうな顔で待っていた。

「大丈夫だった?」

「ええ。やっぱり誰かの悪戯みたいだけど、気にしないことにしようって」

今回のことはこのまま三人の秘密だという事になった。ごめん、つっか。

「そう……そっか。うん、良かった！」

多少、思うところはあっただろう。真実は誰しも知りたいはずだ。それでも月貴香は疑問の言葉を飲み込んで微笑んだ。こういう所を、檜山嬢は彼女の保身の上手さと言うのだろう。

「……じゃあ、パフェいこっか。アイスは冷たくて気持ちいいから好きよ」

なにはともあれ、図鑑のことはこれで片付いた。それよりも今日はもうパフェにしよう。

母からまたメールが何通も来ていたので、二人を手招きして、一緒に自撮りする。

『ごめんね。友達ともっとたくさん話をしたいの。でも明日は必ずお母さんとデートするからね！』

そうメールを送った。三人の写真を添付して。しばらくすると『楽しんでらっしゃい』と返事が来た。

本当にごめんね、お母さん。

三人で駅前の商業ビルに向かう。＋数百円でメニューがデカ盛りになるレストランや大きな書店、百均やプリクラの充実したゲームコーナーなんかもあるので、とても活気のあるビルだ。

残念ながら店が随分混んでいたので、今日はパフェではなく、二階のゲームコーナー前のクレープにしよう！　と方向転換する事になった私たち。パフェのかわりに特盛り生クリームでお祝いしてくれることになった。

クレープのできあがりを待つ間に、途中で一人でお手洗いに向かうと、個室の壁は他愛ない、けれど残酷な落書きで溢れていた。

『トーコ　シネ』

ふと目についた書き込みがあった。

「……私？」

その斜め下に矢印と『おまえがしね』の文字。

『ちあきうざい』『あいつマジうざい』『ちあきも死ねばいいのに』『しね』『死ね』『シネ』

……。

「…………」

自分の名前が書かれているかもしれないことよりも、何故だか檜山嬢の名前のことが妙に気になった。勿論こんな落書き、気にとめる必要もないと思うけれど。

後ろ髪を引かれる思いで個室を出たとき、丁度他のお客とすれ違った。

「あ、すみません」

カシャン。うっかり肘がぶつかってしまって、女性の掌から小さな鍵が床に転げ落ちてしまう。

　慌てて拾い上げると、どこかで見覚えのある鍵だった。

　ピンク色のプレートに貼り付けられた、アルファベットのNで始まる三桁の数字――。

「この鍵、どこの鍵なんですか⁉」

「え？　そこのコインロッカーのですけど……」

　怪訝そうに言う女性に、鍵を返して礼を言う。乱暴に手を洗って、ろくに拭きもしないままトイレを出ると、本当にトイレのすぐ側にコインロッカーがあった。

　慌てて財布を探る。いつも気になって持ち歩いていた鍵。部屋の机の中から出てきたN228のキー。取り出しながらロッカーを見るが、228は見当たらない。N201から始まって、N220で終わっている。

「ねえつっか！　私、前もここによく来てた⁉」

　急いで二人の所に戻り、月貴香に聞く。

「よくかはわかんないけど、多分来てたと思うよ？」

「コインロッカーって、そこの他にもある？」

「へ？　ロッカー？　うーんと……確か中央エスカレーターの所にもなかったかな？」

　次々の質問に目を白黒させながらも、私の勢いに驚いた月貴香は、それでももう一つのロッカーに連れて行ってくれた。

「ここじゃなかったら、他のフロアにもある筈だけど」

Nは長野屋のN、一桁目の2は二階の意味のようだ。N228はすなわち二階の二十八番目のロッカー。多分このフロアにある筈だ。

ほどなくしてN221から始まるロッカーにたどり着く。

N228、N228……。

「あった、N228——」

咄嗟に伸ばした手が止まった。

N228のコインロッカー。そこには鍵が付いていて、中には何も入ってなかった。

「どうして……?」

ここじゃなかったの? 急に体から力が抜けて、ロッカーに寄りかかったままずるずると床に膝をついてしまうと、月貴香とシロが慌てて駆け寄ってきた。

「大丈夫? どうしたの?」

「ううん……」

ここに、『わたし』が何かを預けていたはず——そう言おうと口を開きかけた私の目に、一枚の張り紙が目に入る。

『ロッカーの使用は当日限りです ※荷物は一ヶ月間サービスカウンターでお預かりします』

「サービスカウンター……」

私が飛び降りて、丁度今日で一ヶ月。

困惑する二人に説明する余裕も持てずに、私はサービスカウンターに走った。

「すみません、一ヶ月くらい前、コインロッカーに荷物を預けていたんですが！」

そして荷物を預けた日に事故で入院してしまい、そのまま忘れてしまったのだと説明した。さすがに自殺未遂とは言えなかった。

既にロッカーは鍵も変更してあるという。私が古い鍵と身分証明書として学生証を提示すると、カウンターの女性はリストのような物をチェックして、うん、と頷いた。

「保管していますね。一応確認の為に、預けていた物が何か教えてください」

ほっとしたのもつかの間、その質問に呼吸が止まった。

「預けていた物？」

しまった、それが何なのか私はそれすらもわからない——いいや、そういえば一つだけある。本来あるべきで、未だにどこにあるのかわからない物が。

「あ……か、鞄です」

「どんな鞄ですか？」

「通学鞄だったと、思います。高校の……」

高校名を告げると、カウンターの人は再びうん、と頷いた。

「確認できました。今保管庫から持ってきますね……でも危なかったわ。明日にはもう処分するところだったのよ。ギリギリで取りに来られて良かったわね」

カウンターの女性がにっこりと笑った。私は曖昧に愛想笑いを返しながら、夢から目覚めた直後のような、激しい動悸を感じていた。

ややあって鞄を受け取ると、逸る気持ちを抑えてクレープ屋さんの前の、小さなフードコートにむかい、白い丸テーブルの上にそれをひっくり返した。

「ちょ、と、遠子⁉」

ばさばさとルーズリーフや教科書、筆入れ、何かのプリントや化粧ポーチが落ちてくる中、ごつん、と重いものが一つ滑り落ち、勢い余って床に転がった。

「あった……」

床にキラキラと数粒、デコレーションに使っていたラインストーンが転がる。

スマートフォン。『わたし』の。

「充電器、持ってる？」

拾い上げて画面に触れたけれど、当然電池が切れていた。

「携帯用充電バッテリーならあるよ？」

用意周到、しっかり者の月貴香が、可愛いピンク色のバッテリーを差し出してきた。

じりじりと充電が三％を越えるのを待って、電源を入れる。幸いパスワードでロックはされていない。メーラーの履歴も残っている。

ＳＩＭカードの契約が切れているので、今の自分のと取り替えて中を見る。アプリを簡単に確認すると、ホームの一番最初に、『Ruming』というＳＮＳアプリがあった。メッセンジャーやブログなどの通常機能に加え、グループ内で名前を伏せて、匿名の投稿が出来るらしい。

震える手でアプリを開く。パスワードなどの履歴は幸い残っていたようで、起動時に止められることなくアプリが開いた。心臓が爆発しそうなほど痛い。

まずブログを開く。日付をタップすると、非公開設定になっていて、パスワードがないと見れなかった。

思いつく単語を入れてみたけれど、反応はない。仕方ないのでせめて書きかけの物だけでもないかとチェックする。

「……あ」

下書きフォルダの中には、記事が一つだけ残されていた。

『あした　はれたら　死のう』

「明日、晴れたら……？」

書きかけのまま残された日記。

その日付は一ヶ月前の昨日、『わたし』が川に飛び込む前日だった。

文字というのは本当に不思議だ。その言葉を残した人がいなくなっても、こうして遺っている。くっきりと。

いなくなった『わたし』の最後の言葉。

これは遺書なんだろうか。いや、誰かへのメッセージとも、自分を奮い立たせるためのメモのようにも見える。

「……大丈夫？　遠子」

心配そうにシロが聞いてきた。

「わからない」

まったくわからない。

『あした　はれたら　死のう』

この言葉を残した自分、『わたし』、この言葉を目の当たりにしてどうしたらいいのかわからない。悲しめばいいのか、怖がればいいのか。それとも死なないで済んだことを喜べばいいのか。

なにより、何故『はれたら』なんだろう。雨でも、曇りでもなく、どうして晴れなのか。

鈍い頭痛のような、ちりちりとした違和感を頭の奥に感じて、私は額を抱えた。

「とりあえず、荷物を鞄にもどしていい？」

心配そうに見ていた月貴香が、テーブルや床に散らばった『わたし』の荷物をかき集めて、少し恥ずかしそうに言った。

「ええ……」

あたまがいたい。

きもちがわるい。

「遠子、顔色が悪いよ、座った方がいいよ。今、冷たいジュースを買ってきてあげる」

シロは私を優しく椅子に導くと、ぽんぽん、と両肩を叩いてくれてから、クレープ屋さんに小走りで向かった。月貴香はノートや教科書、ポーチ、プリント類を丁寧に分け、きっちり角を揃えて鞄に詰めていく。

「あれ？」

『わたし』がしまっていた時に比べて、随分ぺったんこに形の整った鞄。どこか満足そうにジッパーを閉めようとして、そこで彼女は不思議そうに瞬きをした。

「ねえ遠子……もう一つスマホが入ってるけど」

何かが邪魔をしている……そんな風に鞄を探った月貴香が、内ポケットを開けて言った。

「え?」

「ほら」

差し出されたのは、白いスマートフォン。なんの装飾もない、シンプルなスマートフォン。ケースすら付いてない。

「………」

丁度戻ってきたシロが手渡してくれた炭酸ジュースを飲みながら、私はスマホを見下ろした。甘くて薬臭い炭酸がパチパチと舌を叩き、喉を滑り落ちていく。

当然電源は入らない。もう一度視線で月貴香にバッテリーの使用許可を求めると、彼女も無言で頷いた。

三人で真剣に一つのスマホのバッテリーが、一%、また一%と貯まっていくのを見守る図は、端から見ればさぞ滑稽だっただろう。生クリームが溢れそうなクレープを無言で食べながら、じっとスマホを見つめる。

せっかくの私の生還祝いが台無しになってしまった。だけど月貴香には感謝しなければ。彼女が今日ここに誘ってくれなければ、『わたし』の痕跡は永遠に失われてしまうかもしれなかった。

「私が知ってる遠子のスマホはこっちだったと思う。ほら、クラスの岩崎さん……今はいつも千晶ちゃんの隣にいる子、彼女、スマホとかデコるの得意なの、ハンドメイド雑貨作って、ネットで売ってるくらいだから。このスマホも確か彼女がデコってくれてた筈よ」

月貴香が言った。『わたし』を知る月貴香は本当に頼もしい。

「じゃあ、このスマホは？」

「わかんない。少なくとも学校で二個使ってるのは見なかった」

もしかしたら、宇津瀬君のスマホかもしれない。不意にそんな考えが頭を過ぎる。彼の荷物は見つかっているんだろうか？　もしかしたら、これは本当に彼の遺品なのかもしれない。

また三％程充電されたところで、スマホの電源を入れる。起動時間の長さが百年にも感じる。

ようやく画面が立ち上がったけれど、伸ばした私の指が止まった。

「パスワードロックがかかってる」

言葉を失った私の代わりにシロが言った。

「パスワード、わかる？」

月貴香の質問に首を横に振る。

「確か一定回数失敗すると、自動でデータ消えちゃうんだよね」

「何回目で？」

「わかんない。確か設定によるんじゃなかったっけ？」

心配そうな月貴香とシロの話を聞きながら、私は結局スマホの電源をもう一度落とした。

「だったらパスワードを思い出すまで迂闊に触らない方がいいわね」

落ち込んだように見えたのか、月貴香が労るように私の左手に優しく触れた。スマホを包み込むような私の手を、悲しみから守るように。

「パスワードロックがかかってるって事は……他人には見られたくないって事かな」

そう絞り出した声がかすれていた。甘い生クリームをほおばったばかりなのに、口の中が苦い。

二人は顔を見合わせ、そして答えにくそうな表情で頷いてみせる。

「もしかしたら……宇津瀬君と、秘密のやりとりをしていたのかも」

おずおずと月貴香が言った。このスマホの中に答えがあるかもしれないのに、何も思い出せないからっぽの自分が歯がゆい。

「……でも、やっぱり『わたし』は衝動的に川に飛び込んだわけじゃないんだわ。この鍵、部屋の机の中に、封をしてしまってあったの。だから鞄をロッカーに預けた後、一度家に帰ってから川に飛び込んだ」

「じゃあ、少なくとも遠子は全部準備して飛び降りたって事ね」

「待って。宇津瀬君って、普通に背が高かったんでしょ？　柵もある川に、そう簡単に男子が女子に落とされたりしないよ。遠子だけが決めたことじゃないと思う」

シロはそう慌てて言った後、私にちょっと無理矢理笑って見せてくれた。

「きっと宇津瀬君にも事情があったんだよ。遠子のせいなんて考えちゃ駄目だよ。どっちか片っぽが悪くてどうにか出来る状況じゃないんだから」

シロが勇気づけるように言った。月貴香は何か言いたそうにして、けれど言葉を飲み込んでしまった。一瞬だけ彼女が『何も知らないくせに』と、そんな風にシロに嘲笑するような眼差しを向けたのが目に入る。

「ありがとうシロ。つっかも」

月貴香は『わたし』を知っている。『わたし』なら宇津瀬君を殺せたと、本当は彼女もそう思っているんだろうか。檜山嬢が思っていたように。

真っ白な一台のスマートフォンは気になるが、それでももう一つ、『わたし』のスマホは手に入ったのだ。まずはこれから調べていこう。それに最後の言葉もわかった。

『あした　はれたら　死のう』

その言葉の意味はわからないけれど。

結局家に帰ってスマホを色々調べたけれど、それらしいデータは発見できなかった。ただいくつかのデータにはパスワードが設定されているし、なんとなく意図的に『Ruming』のメッセージなどの履歴が消されている気がする。

母とのメールのやりとりも見つからない。

母さんは今朝も体調がまだ回復しきっていないらしい。けだるそうだ。それでも朝にはきっちりと朝食が用意された。焼いた塩辛い糠にしん、オクラの味噌汁、切り干し大根とツナとくるみのサラダ。

本漬けの糠にしんはとても塩辛い。「食べ過ぎないでね」と念を押された。けれど味がわかりにくいのだから、このくらいインパクトのある塩分であれば、少しは食も進むだろうという考えらしい。

オクラの味噌汁も、とろりとした独特の食感を味わえるだろうし、何よりもサラダだ。切り干し大根特有のかみ応えに加え、くるみの心地よい歯ごたえは、確かに咀嚼していて楽しい。

かすかに感じるレモンの香りもさわやかだし、赤と黄色、縞のある緑色のミニトマトも入っていて、彩りも綺麗だ。未成熟なのではなく、もともと熟しても緑色のミニトマトがあると初めて知った。母の話では、グリーンゼブラという品種らしい。

味のわからない私が少しでも食事を楽しめるように、母は工夫を凝らし、たくさん説明してくれるのはありがたい。

ありがたいけれど、でも内心は少し重い。出来ることなら朝食はさっと終わらせたいのが本音だ。父さんも横で苦笑いしている。

それにまだ鼻声だ。無理せず風邪を治す方に専念してくれたらいいのに。

若干胃もたれ気味に登校し、相変わらず一触即発な教室で授業を受けた。放課後、シロと月貴香はカラオケに行くらしい。誘われたけれど、今日は辞退した。行きたいところがあるからだ。

宇津瀬君のお母さんは、この前と変わらない時間に家を出た。彼女の行動が知りたくて、こっそり自転車のチェーンを外しておいたので、彼女は仕方なく歩いて目的地へと向かう。

それを少し離れた場所から追跡した。出来ることなら宇津瀬君がどんな生活をしていたのか、彼のお母さんがどんな人なのか知りたかったけれど、直接聞くのは難しい。

私は彼の心中相手で、しかも彼と違って生き延びた。宇津瀬君のお母さんにとって、私はおそらく許しがたい存在だろう。

だけど知りたい。知らなきゃいけない。二人のことを。

家の前こそ緊張して、ステレオタイプのスパイ映画や探偵ドラマのように、身を隠しながら追いかけなければならなかったけれど、十勝国道に出ればすぐにその必要はなくなった。むしろ人目を避けるような行動を続ける方が不審者だ。

足が速い人だと思った。さわやかなボーダーのカットソーに、青いデニム、青いローヒールのサンダルで、ちゃっちゃと歩いている。もしかしたら自転車が壊れていたせいで、急がなきゃならないのかもしれないけれど。

残念ながら、あの日見たような笑顔は見せてもらえなかった。不本意な徒歩移動が原因だろうか。彼女に表情はない。

駅に向かうのかと思ったけれど、彼女はまっすぐ駅前のスーパーに向かった。ドラッグストアとＡＴＭに寄った後、ふと生花コーナーで足を止めた。

「……ひまわり？」

夏らしい、縮れた黄色い花びらが揺れる、小ぶりのヒマワリの花束。

彼女はそれを一つ手に取り、目を細めて切なそうに見下ろした。

なんという表情だろうか。幽(かそ)けく、今にも消えてしまいそうな。

私にはそれが喜びなのか、悲しみなのか、わからなかった。ただひとつわかるのは、それが愛する物を見る目だということだけ。胸が締め付けられそうなほどに。

だけどどうやら、彼女はスーパーに行く以外に用があったらしい。ふいに我に返ったようにかぶりを振った。

　そして名残惜しそうにそのヒマワリを戻し、足早にスーパーを後にした。一定の距離を守りつつ、後を追う。スーパーを出た彼女が向かった先は大型のパチンコ店だった。

　彼女には、そんな所は無縁のように思えたので、正直意外だった。けれど従業員入り口を通っていったという事は、ここで働いているのだ。ギャンブルに熱を上げるタイプではないことに、ちょっとほっとした。趣味は人それぞれだけど。

　制服姿で店内に入るわけに行かず、仕方なくお店の前を少し時間をおいて数往復した。この上ない程不審者だったけれど、幸いにして世の中の人は他人にさほど興味は無いし、私は世間一般では、無害でか弱いものにカテゴライズされ、時には花や砂糖菓子と喩えられる『女の子』という生き物だ。

　結局数回行き来して、一度だけ丁度開いたドアの一瞬の隙間に、笑顔でお客の対応をしている彼女の姿を見ることが出来た。その姿にほっとすると同時にわき上がった居心地悪い気持ち。罪悪感。

　ヒマワリを見ていた彼女の表情——どうかせめて、二人の死の引き金を引いたのが、『わたし』でありませんように。同意の上のことだとしても、飛び降りるという選択肢を最初に選んだのが、自分だとしたら、彼女になんと謝れば良いのだろう。

　無性に彼女に会いたくて、その顔が見たくてここに来たのに。勿論宇津瀬君の事を少しでも調べたかったけれど、何より彼女の側に居たくてここに来たのに、今すぐ家に帰りたくなった。

冷静に考えれば、彼女は母と同じく、『我が子を喪った母親』なのだ。私はいったい彼女に何を求めていたんだろう。愚かにも程がある。

いつの間にか張り出した分厚い雲の下、夕日も見えない薄暗い夕方、帰途についた。

「遅かったわね」

ドアを開けるなり、母はやっぱり不機嫌そうにそう言って迎えてくれた。歓迎してくれたのは、キッチンから漂う夕飯の香りくらいだ。

「連絡はちゃんとしたわ。それよりお母さんも風邪気味なんだから、まだ無理しないでいいのに。あと……朝御飯用にシリアル買ってきたの。明日の朝はシリアルと牛乳でいいから、たまにはゆっくり休んで」

「そんな訳にいかないわ。朝はみんなでそろって、しっかりとしたものを食べていかなきゃ」

「シリアルだって、栄養はそれなりにあると思うけれど」

「朝からそんなお菓子みたいな物を、食べさせられないわ」

母を思っての提案だったけれど、母さんは逆にとても不本意そうに眉を歪め、取り合ってくれない。

「お母さんの体調が戻るまではいいじゃない、朝食くらいお菓子みたいなご飯でも。それに夕飯だって、インデアンのカレーをお持ち帰りしたっていいと思うわ。お父さんだって、やっぱりカレーはインデアンだって言うじゃない」

地元カレーチェーン店のインデアンのカレールーを、鍋を持ち込んでテイクアウトするのが、帯広界隈の定番だ。家でカレーを作らないという家庭も珍しくない。カレー専門店の味というよりは、家庭に近い優しい味だけれど、だからこそ何度でも食べれるし、食べたくなる味なのだ。

「遠子はよくても、お父さんはよくないでしょ。お父さんはそんなお菓子食べないし、お夕飯をカレーだけという訳にはいかないし、どうせ作るなら同じでしょ」

母は何を馬鹿な事をと首を振る。ハヤシライス派の母には、この誘いも通用しなかった。

「私が作れたらいいけど、味見しても全然わかんないから……あ、でも、料理の本があれば平気かな。病室にあったズッキーニが表紙の雑誌、私にも作れそうな簡単な料理ないかな？」

『わたし』が料理をしていたようには思えないし、そんな記憶も無い。せいぜい出来て、調理実習で覚えた粉ふき芋や豚汁、カレー程度しか作れないだろうが、レシピがあればなんとかなるだろう。

そうだ仕方ない。後はもう、私が作るしかない。

けれど母は、靴を脱いで、着替えのために階段に向かう私の背中で、大きなため息を吐いた。

「……貴方は、そんなに私が必要ないの？」

「え？」

「家のことは私の仕事よ。私が邪魔だと言いたいの？」

「そういう事じゃないわ。ただ、心配しているの……」

「そう思ったら、学校が終わったらすぐに帰ってらっしゃい！　週が明けるまで外出禁止よ！」

母の怒りがまたはじけた。金切り声は、もう聞きたくない。早足で自分の部屋に向かい、耳を覆った。どうして毎日こうなるのだろう。『わたし』はいないけれど、私は生きているのに。やっぱり私は宇津瀬君のお母さんが恋しくなった。

はっとした。そうだ、『恋しい』のだ。

これはもしかしたら、私の中の宇津瀬君が、彼女を必要としているのかもしれない。

或いは、一人遺してしまった事への罪滅ぼしか、彼女の力になれと、彼が訴えているのかもしれない。

その日の夜、私はいつものあの夢を見た。夢だとわかっているのに、自分の意志では唇が動かない。『彼』に聞けたら、『わたし』に聞けたら楽なのに。

せめてパスワードだけでも教えて――。

そう強く願ったけれど、目が覚めても激しい動悸がして、天井の星がうすぼんやり見えるだけだ。

「どうしたらいいの？」

私はどうしたらいいの？　二人の答えを探せばいいの？　そうすれば、何かが変わるの？　変えられるの？

蓄えた明かりを使い切って、豆電球でかすかに浮かび上がる星座達に呟いて、そして願った。旅人の道しるべである北斗七星に、どうか私を導いてくれますようにと。


父さんが家に居ないのは、仕事が忙しいだけでなく、もしかしたら母さんを避けているんだろうか？　そんな風に思うくらい、母さんは毎日不機嫌で、ヒステリックだ。

今朝の朝食はやっぱり和食だった。ベーコンとほうれん草のサラダ、長芋と水菜のお味噌汁、鰯の煮付け、五穀米。

買ってきたシリアルは、溶かしバターとマシュマロで、三時のおやつ用にシリアルバーにしてくれるそうだ。外出禁止なのだから、三時過ぎには確かに帰宅するだろう。でも違う、そうじゃない……という私の気持ちは母に全く伝わらなかった。

放課後に自由がないのだから、その代わりに家を少し早めに出ることにした。大急ぎでシャワーを浴びて、猛然と長い髪を歌舞伎役者よろしく、ぶんぶん振り回すようにドライヤーで乾かしていると、父さんが「送っていくよ」と言ってくれた。出勤ついでに、自家用車で送ってもらえる事になった。少し寝不足気味だったのでありがたい。

腐敗を通り越して、とうとうカラカラにひからびた庭の草花を横目に、父の愛車、カピバラのようなシルエットの白いアルファードに乗り込む。

朝のラッシュで少し混んだ十勝大橋。釧路方面、帯広駅方面に向かって二車線それぞれが連なって、普段より気持ちゆっくりと車が流れている。

必然的に十勝川が目に入った。広い河川敷に挟まれて、穏やかに流れる優しい川が。父さんがそんな私に気がついて、咳払いをする。見ない方がいいと言っているんだろう。

「学校はどうだい。友達と出かけて、毎日なかなか帰ってこないって母さんが心配しているけれど」

気まずくなった車内の沈黙を破るように、父さんが言った。

「心配ないわ。勝手なことを言う人も居るけれど、先生も気を配ってくださるし、普段は仲のいい子達と一緒にいるから」

「ああ、あのオデコちゃんか」

はははは、と笑う父の横顔を見る。『オデコちゃん』――咄嗟に檜山嬢の事が頭を過ぎった。

「ねえ……それよりお母さん、やっぱり習い事とか、外でお仕事とかした方がいいんじゃないかな」

現在の娘の仲間は丸眼鏡と子犬だ。オデコちゃん――檜山嬢こそが今一番の敵だと知ったら、父さんは悲しむだろうか？　慌てて私は話題を変えた。

「だって、ずっと家で一人よ」

「そうだな……だけど色々あったから、もともとの知り合いと顔も合わせにくいだろうし……こればっかりは本人の好きにさせるしかない」

母さんは家事が大好きだから。そんな風に苦笑いする父の言葉に、一瞬違和感を覚えた。ちり、と喉の奥、いや、もっと下をこね回すような不快感。

「結婚する前、働いていた頃から、母さんはなんでも完璧にこなしたい人でね。だから余計なことは言わないようにしてるんだ」

「ふうん……」

母さんが外で勤めていた経験があったのは初耳だ。

「仕事を辞めたのも、まあ父さんの母さん……つまりお祖母ちゃんだな、お祖母ちゃんがあんまりいい顔をしなかったのもあるけれど、何より働きながらだと、家事が一〇〇

%に出来ないって言うからさ。すぐに遠子も授かったから、そんな暇はなかったんだろうけどね」

だから結婚前は二人とも札幌に住んでいたけれど、子供は田舎で育てた方がいいと、二人の実家のある帯広に引っ越してきた。田舎と言っても、帯広は活気のある大きな街だ。医療もそれなりに整っているし、郊外に出ればいくらでも自然があるので、確かに子供は育てやすいのだろう。

それでも私が大きくなって、自分の時間が増えたからと、母は色々な習い事をしていた。ママさんバレーで全道大会に出場したこともある。

……やっぱり、『わたし』のせいか。

母は多分、三度友人を喪っているのだ。一度目は私を妊娠して帯広に移ったとき、二度目は父の逮捕のとき、そうして音更に引っ越してきて、やっと落ち着いてきた生活を、今度は『わたし』が奪ってしまった。

じりじり、もやもや。不快感が私の内側をなで回す。頰がほてる。

やがて学校に着いて、外の風を感じてやっと気がついた。

この不快感の名前は『怒り』だ。

私は確かに怒っていた。密やかに。でもその理由ははっきりとわからない。やがてそれは答えのわからないうちに、丁度登校してきたシロの笑顔と、頰を撫でる風に吹かれて消えてしまった。

今朝は早く登校すると、ギリギリでメールしたにも関わらず、シロも月貴香も早く学校に来てくれた。昨日の朝、学校の近くのバス停で、二人が私を待っていてくれたので教えただけだ。別に二人にも来て欲しいと、そういうつもりではなかったのに。

結果的に会話する相手が居るのは良かった。でなければ朝の事を思い出してあれこれ考えてしまいそうだ。それよりはシロのちょっと音程のずれた可愛い鼻歌や、月貴香がハマっているという漫画の話を聞いている方が何倍もいい。

ましてて放課後は、すぐに家に帰って、母と二人きりで過ごさなければならないのだから。

今日は金曜日。父は、仕事でまた帰りが深夜になるらしい。

怯えながら帰宅すると、なんと家には琢喜叔父さんが居た。今日は休みだという事で、家に遊びに来てくれたらしい。私が元気にしてるか見に来たかったという叔父さんに、母さんはどうせ夕食目当てでしょ、と毒づいた。

叔父さんには奥さんが居る。同じ病院の産科の先生。何気なく、「明子さん、忙しいんだ」と言うと、叔父さんは「本当に綺麗に忘れているんだな」と気まずそうに視線を落とした。

「琢喜はね、半年前に離婚したのよ。あんまり触れないであげて」

そんな叔父さんを見て、苦笑いで母が言う。あんなに仲が良さそうだったのに、離婚するなんて。世の中はわからない。

六歳年下の弟の前では、母も幾分気楽なようだ。シリアルバー片手に他愛ない話をして、夜は「夕食目当て」の汚名をそそぐために、叔父のおごりで焼肉を食べに行った。

焼肉はいい！　とても善い。これは正義だ。

なんたって香りがいい。音もいい。

『わたし』はラムとサガリ派だったらしいけれど、私は柔らかいお肉より、タンやホルモン、砂肝等、もっぱら内臓系が好ましいようだ。なんといってもそれぞれ独特の歯ごたえが気持ちいい。次点は肉質に繊維を感じるトリコニク。

肉厚ジューシィな上タンより、あえての並タン。ちょっと固いタンをさっと炙って。逆にホルモンと砂肝は、叔父さんに「焼きすぎじゃないの？」と言われてしまうぐらいによく焼きにしたのが良かった。

とくにほどよい焼き具合のホルモンを、かみ切れずにいつまでも噛んでいると、味がわからないせいか、段々「私、何を食べてるんだろう」という気持ちになっていく。それよりもしっかり脂を落とし、味噌だれのせいで表面が軽く焦げたくらいのが最高だ。

なにより母の機嫌が良いのが一番良かった。笑いながら母と食事をするのは、私は初めてのような気がする。

お魚が嫌いなわけではないけれど、ことお肉というものは、ボリュームもさる事ながら、いかにも命をいただいている気持ちになった。

命によって購われる命。私は生きているのだと、強く感じる。確かにここにいるのだと。母にも、私のそんな想いが少しは伝わっただろうか。

お肉の他に、どんぐり麺の冷麺や、デザートに季節のシャーベットまでぺろりと平らげて、家に帰った。叔父さんも自分の家に帰ってしまって、家の中は急に静かになった。

「あーあ」と、母さんが小さく呟いた。私も同じタイミングで、同じため息をつきそうになった。二人きりの時間が重い。私が母に怒鳴られたくないように、母も怒鳴りたくないのだろうか。

「お母さん……風邪が治ったなら、明日お買物に行こうよ。約束だったでしょう」

母さんとの時間が重いという私に、シロも「買物だよ！　ママとの仲直りは、女子デートが一番なのさっ」と勧めてくれた。確かに約束もしていた筈だ。

「遠子から誘ってあげなよ」と月貴香が言っていた通り、私からのおねだりを聞いて、母さんは嬉しそうに、焼肉屋で見せてくれたのと同じように、「いいわよ」と私に笑った。

これで明日は大丈夫――な筈が、残念ながらそれは失敗だった。

母と二人きりの買物は、『わたし』と私の違いを浮き彫りにした。かわいらしい服よりも、動きやすい……そう、宇津瀬君のお母さんのように、シンプルなデニムなんかが穿きたいと望む私を前に、母さんは突然泣き崩れた。

　店員さんや、他のお客さんがいるのに、母の激情は止められず、声を上げて母は泣いた。私の前で、『わたし』の名前を呼んで。

　きっと目の前に、私のお棺があったなら、母はこんな風に泣くのだろう。

　母の横に座り込み、せめてその背中を撫でようとしたけれど、振り払われた。

　彼女は私が本当は遠子じゃない事に気がついているのだ。目の前にいるのは娘の姿をした別の何か。私に宿る魂が、別の誰かである事に。

「ごめんなさい、お母さん」

　かすれた声で呟くと、母はよりいっそう全身を震わせてむせび泣いた。母の嗚咽を聞きながら、あの日、川に飛び込んでしまった時に、もうすべてが壊れてしまったのだと知った。

　命が救われれば、すべての罪が消えるわけではないのだ。思い出せないからって、何もかもが許されるわけではないのと同じように。


　日曜日は、父がいたので救われた。釧路に住む父方の伯母が入院したというので、お見舞いに行った後、大きな書店の隣で回転寿司を食べ、その後本屋の中の文具・雑貨コーナーを見た。夢の中の飛行機模型が売っていないかと思ったからだ。

残念ながらそれらしいものは見つからない。それ以上に残念なのは、家に帰らなければならないことだ。

家の中の空気は張り詰めて、熟れていた。いや、膿んでいた。爛熟し、いまにも崩れ落ちてしまいそうなほどに。

宇津瀬君のお母さんの姿が目の前をちらつく。生き残るのと死んでしまうの、どちらが親にとって楽だったのか。

こんな風に母を苦しめてしまうだけなら、還るべきではなかったのかもしれない。それとも生き残ったのが宇津瀬君の方だったら、宇津瀬君のお母さんもこんな風になったんだろうか。

無性に会いたかった。あの人に、お母さんに。

話は出来ないのはわかってる。それでも彼女の側に行きたい。家で過ごす休日は、一分一秒が長い。

それでもなんとかやり過ごして、月曜日が来た。外出禁止は耐えられない。仕方ないので、母には放課後二時間だけ、友達と過ごす時間が欲しいと申し入れた。正直短すぎるけれど、家に縛り付けられるよりはマシだ。最終的に、門限十七時半で話がついた。勿論、途中で連絡は欠かさない。

長野屋に行こうというシロ達の誘いもさっくりと断って、宇津瀬君の家へと向かう。

途中、スーパーに寄って花を買った。彼女が愛おしげに見ていたヒマワリ。残念ながら、まったく同じ品種ではないようだけれど、それでも花を携えて家に向かった。

この花は、ドアの所に掛けておこう。そうすれば、家を出てきた彼女がこの花に気がついて喜んでくれるかもしれない。私が贈った花を。

おあつらえ向きに、今日は真夏日だ。真っ青な空、十勝らしい晴れた青い空。きっとヒマワリの黄色い色も美しく映えて見えるだろう。出来れば、彼女が喜んでいるところを、隠れて見たいけれど……。

「あら」

そんな事を思いながら、ドアノブにヒマワリの花束が入ったビニール袋を引っかけていると、後ろから女性の声がした。

「あ……」

振り返って言葉に詰まった。

そこには、青いマイバッグを下げた宇津瀬君のお母さんが立っていた。

「あの……これは……」

何か言わなければと思った。何か、適切な言葉を、いや、少しでも場が好転するような言い訳を、いや、それとも――。

「ご、ごめんなさい！」

咄嗟に唇から溢れたのは謝罪だった。ごめんなさい。ごめんなさい。とにかく彼女に責められるのはいやだった。拒絶されたくなかった、この人にだけは。

「そんな……いいのよ？」

けれど慌てて頭を下げた私に、宇津瀬君のお母さんはふふふ、と笑った。

「え？」

「大丈夫。別におかしな人が来たとは思ってないわ。最近は随分減ったけれど、それでもまだ時々あなたみたいに、志信を訪ねて来てくれる子はいるのよ」

寂しそうに、けれど優しく宇津瀬君のお母さんは私に微笑んだ。どうやら、彼女は私が『矢作遠子』だとは知らないらしい。確かにクラスは別だけれど、心中の前に直接のやりとりはなかったのだろうか？

もしくは今の私は、『わたし』とは雰囲気も違うのだろうか。何はともあれほっとして、改めて彼女に花束を差し出した。あら！　とまた彼女が声を上げた。

「ありがとう。志信がヒマワリが大好きなこと、覚えていてくれたのね。うふふ、ヒマワリを持ってきてくれた子は貴方が初めてよ。志信とは仲が良かったの？」

「あ、はい……多分」

万が一にも気づかれたくなくて、うつむき加減で答えると、彼女は空を見上げた。

「今日は暑いわね……中で冷たい物でもどう？　それで……せっかくだから、手を合わせていってあげて」

「……ええ、お邪魔でなければ」

いいのだろうか。バレたら……というリスクを強く意識したけれど、同時にこれはチャンスだと思った。

「邪魔じゃないわ。今日ね、仕事が休みなの。別に毎日あの子が家にいたわけでもないのにね、なんだか一人だともてあましちゃって……そうだ、お名前はなんていうの？」

「は、え……遠……チ、チカコです。近い子と書いてチカコ」

「あら、ちょっと古風ね。でも逆に今はそっちの方が可愛いかもね。私もね、字は花子って書くの。読みはカコだけど」

遠子、とは名乗れなかった。とはいえ安易すぎる偽名だ。でも言った手前、もう引き下がれない。

よろしくね、と言って花子さんがまた笑った。意識したわけでもないのに、自然と顔が笑みを返した。『この優しそうな人を裏切る、お前は嘘つきだ』とささやく自分の声に背くように。


リビングに通されると、まだ仏壇がないの、と言われた。代わりに白いカラーボックスの上に、宇津瀬君の遺影と蠟燭、線香、そして白いカバーに包まれた箱のようなものが置かれている。

「あ……」

それがなんなのか気がついた瞬間、激しい眩暈に襲われた。

遺骨だった。

四十九日も済んでいないのだ。当たり前と言えば当たり前の事なのに。だのに私の体中が、それを見るのを拒否した。

「……大丈夫？」

涙は出ない。

そのかわりにとても気分が悪くなった。口元を押さえてうずくまると、花子さんが私の背中を優しく撫でてくれた。泣いていると思ったんだろう。

夢の中でしか会ったことのない宇津瀬君。飾られた写真は、確かに彼だ。あの日、確かに『わたし』に「来て」とささやいて手を伸ばした彼は、死んでしまった。

骨になって、こんなに小さくなってしまった。

『わたし』を、いや、私を残して、私だけ残して、一人で逝ってしまった。落ちる時は、確かに手を握ってくれていたはずなのに。

心臓が爆発しそうに痛い。胸が苦しい。息が出来ない。なんとか息を吸おうと、ひゅ、ひゅ、と喉を鳴らす私の背中に、花子さんはそっと覆い被さってきた。

うなじに、熱い吐息を感じた。

震える胸の感触も。彼女も声を殺して泣いているのだ。

そうして、私たちは二人、しばらくそのまま身を寄せ合っていた。お互いに言葉はなかったけれど。しばらくして急に憑き物が落ちたように、二人で力なく、ローテーブルの前に腰を下ろした。

吐き気を堪(こら)えたせいで、生理現象のような涙が目を濡らす。充血した私の目を見て、彼女は私が泣いていなかったとは思わなかっただろう。やがて「喉が渇いたわね」と照れくさそうに笑った。

「お茶がいい？ それとも……炭酸水にしようか。甘くない、ライム味の。私はあんまり好きじゃないんだけど、あの子が大好きで……何本か買い置きしたのが、冷蔵庫に入りっぱなしなの。なんだか捨てる気にはなれないし、飲む気持ちにもなれなかったんだけど……貴方と一緒に飲むなら、きっと志信も喜ぶんじゃないかと思うの」

宇津瀬君が好きだったというライム風味の炭酸。タンブラーの中で透明な泡が弾けると同時に、柑橘系の香りがぱっと辺りに満ちた。胸のすく薫り。

「絶対甘い方が美味しいと思うのに、おかしな子よね」

一口飲んで、花子さんがふふふと笑う。

「でも、すっきりします」

どっちみち私に味はわからない。けれどさわやかな炭酸水が、胸のムカムカを少し静めてくれる。

「……あの子ね、明るいし、私が言うのも何だけれど、誰からも好かれるいい子だったと思うの」

「そうですね」

少し照れくさそうに、けれど嬉しそうに言う花子さんの表情が、そこまで言って急に陰った。

「……でもね、本当にすごく仲がいい子は、いなかったのかなって」

「………………」

一瞬、『わたし』の事が頭を過ぎった。『わたし』にも本当の親友はいたのだろうか。

「チカちゃん、あなた……志信のお葬式には来なかったでしょう？」

「え？」

ちらり、うつむき加減だった花子さんの目が、上目遣いに私を捕らえる。探るように。

想定外だった。宇津瀬君の葬儀には参列者が多かったと聞いている。まさか彼女がそんなにしっかり、誰が来ていたのか把握しているとは思わなかった。

「あ……ご、ごめんなさい」

慌てて頭を下げる。行かなかったわけではない。行けなかったのだ。私もベッドの上で死にそうになっていたのだから。でもそんなことを言ったら追い出されてしまう。けれどすぐに言い訳が思いつかなかった。

「ううん、いいの。わかってる……来られなかったのよね」

「あ……」

悲しげな眼差しが射貫く。

「私もね、あの子が死んだなんて認めたくなくて、お葬式なんてしたくなかったわ。飛び降りたなんて間違いで——そうね、何か嫌なことがあって……たとえば私の事が嫌いになって、家出してるんだって思いたかった」

あの子の死を認めたくなくて、チカちゃんも来なかったのよね——そんな風に言ってくれた花子さんに、思わず溢れそうになった安堵の息を、ギリギリで飲み込む。一瞬、自分の正体がバレてしまったのかと思った。

「たくさん、『お友達』が来てくれた。みんなわあわあ泣いて、あの子を悼んでくれた。大人はそんな彼らを見てもらい泣きしてたけど、私はね、劇を見てるような気分だったの。みんな競ってるみたいだった。志信と一番仲が良かったのは自分だって」

『仲のいいお友達』のデモンストレーション。

一緒に出かける放課後や一緒に摂る昼食。朝の待ち合わせ。必死に自分たちが同じカテゴライズと見せつけようとする、シロと月貴香。そんな二人ですら、どこかで相手を出し抜いて、より私と親しいのは自分だとアピールしようとする。

　檜山嬢に逆らわないおとりまき達も同じだ。友達であることよりも、友達であると思われる事の方が大事な彼女たちの姿に、宇津瀬君の舞台のような葬儀を想像するのは難くない。

「嬉しいのよ、あの子をそんな風に想ってくれて。だけどね、ふっと思ったの。あの子は残酷で、そして本当は孤独だったのかもしれないって」

　グラスの中からわき上がる炭酸を眺めながら、まるで、『わたし』の事を聞いているみたいだ、漠然と、もしかしたら『わたし』と宇津瀬君は似ていたのかもしれないと、そんな事を思った。

　連なるように立ち上がる二筋の泡。強めの炭酸で揺れるグラスの内側の波。

　不意に水の中で泡を吐き、もがく二つの白い手が、目の前でひらめいた。一瞬、自分がどこに居るかわからなくなりそうだった。

「でも安心したわ。貴方は本当にあの子のお友達だったのね……ううん、もしかして、恋人だったのかな？」

　水の中に居るように、花子さんの声が遠く聞こえた。自分の呼吸と心臓の鼓動だけが、耳障りなくらいやけに大きい。

「いいえ……」

「別に隠さなくていいのよ？」

なんとか返事を返す。息が苦しい。気持ちが悪い。それでも慌ててかぶりを振って、紗がかかったようにぼやけて見える世界を吹き飛ばした。

「いいえ……本当に、そんなんじゃないんです」

「じゃあ、大切な友達だったたって事かな。それとも、これから、の関係だったのかしら」

大きく息を吸った後、夢から覚めた後のように、激しく早鐘を打つ胸を掌で押さえ、さぐるような彼女になんとか曖昧な笑みを返す。そもそも二人の関係がなんだったのかは、私が一番知りたいのだ。

奇妙な白昼夢を追い払うように、グラスを両手で覆って呼吸を整えた。初めて見たイメージだ。今まで、こんなまぼろしは見たことがない。だけどそれがなんなのか、考えるまでもない気がする。

ライムの香りが、記憶を呼び覚ましたんだろうか。それとも、『母』の声が。

「……あの、聞かせてもらえませんか？　志信君の事。子供の頃のこととか」

亡くなった息子の事を思い出させるのは気が引けた。けれど聞かなきゃいけない。私は、何かを知るためにここに来たのだ。

「なんでもいいんです。勿論、辛くなかったら」

そんな私の希望に、花子さんは嫌がらず応じてくれた。寂しそうに、嬉しそうに。もしかしたら彼女も話したかったのかもしれない。

花子さんは十代の頃に、宇津瀬君を一人で産んだ。

「色々あって」と彼女は言った。きっとそんな簡単な一言では、とうてい納められないほどの『色々』だったろうけれど、それでも彼女は帯広で、必死に、一人だけで宇津瀬君を育てた。

両親の協力は得られなかった。それでも一生懸命な花子さんと、かわいらしい宇津瀬君をかわいがってくれる人は多くて、彼は本当にすくすくと、良い子に育った。

「いたずらっ子ではなかったんだけど、でも時々、妙に無茶な事をするのが心配でね。坂道を自転車で、ノーブレーキで駆け下りて、転んで前歯が欠けちゃったり」

ベッドが知り合いに貰った二段ベッドだったので、宇津瀬君は上のベッドに寝ていて、毎朝どすんと飛び降りていたから、彼が起きると花子さんだけでなく、隣に住んでいたお爺さんお婆さんにもわかったらしい。

数件の仕事を掛け持ちして疲れている花子さんと、一緒に寝坊しそうになる日があったけれど、そんな時は「しのちゃんまだ寝ているの？」と、お隣が心配して起こしに来てくれる事もあったそうだ。

「おかげで遅刻しないで済んだけど、小四の時にそれで足をポキっと折って入院しちゃってね。そこからもう、ジャンプ禁止よね」

骨を折る前に、やめさせられなかったのだろうか、という質問は飲み込んだ。

宇津瀬君は学校の成績も良かったそうだけれど、いつも独創的なアイディアで、周囲を笑わせるムードメーカーだったようだ。

あるとき、ぐらぐらになった乳歯を紐で結び、仲が良かったお向かいの犬の首輪に紐をくくりつけると、ボールを投げて犬を走らせ、スポン、と歯を抜いたり、自由研究は毎回大人を唸らすようなものを作ったそうだ。

彼の話をするのは悲しいかと思ったけれど、終始花子さんは笑いを絶やさなかった。気がつけばもう夕方五時を過ぎている。慌てて、母さんに、担任の先生の手伝いをして、少し遅くなると言い訳のメールをした。

本当はもっと話を聞きたかったけれど、母さんが怒るのはまた辛い。それに、宇津瀬君の話をしてくれる花子さんの姿を見れば見るほど、彼女が彼を愛しているのがひしひしと伝わってくる。

私は彼を死なせた張本人かもしれない。だのにここにいて本当にいいのだろうか？

「わ、大変。ごめんなさいね、女の子ですもんね、確かに暗くなる前に帰った方がいいわね」

おずおずと門限があることを告げると、名残惜しそうに、それでも彼女は話を切り上げた。

収穫があったような、なかったような。

ただ、それとなく彼のスマートフォンについて聞くと、川から学生鞄と一緒に見つかったらしい。残念ながらデータは消えてしまったそうだけれど。だったら、やっぱりあのパスワードで封印されたスマホは、私のものなのだろうか。

「また、嫌じゃなければ遊びに来てくれる？」

帰り際、玄関で花子さんが言った。

「ご……迷惑でなければ」

靴を履きながら答える。私が矢作遠子と知っても、彼女は同じ誘いをしてくれるだろうか？　何も知らない優しい人を前にして、自分のやっている事の是非を思った。こんな事をして本当にいいんだろうか。

「迷惑だなんて……むしろ私こそ、迷惑じゃないかしら？　まだお仏壇も用意する気になれなくてね。部屋もほとんどそのままなの。もう少しだけ、あの子の気配を感じていたいから」

いいえ、と首を横に振る。ええ、貴方は悪くない。出来ることなら、私の中の宇津瀬君の声を聞かせてあげたい。逆に残酷なことかもしれないけれど。

「そうだ！　チカちゃん、ちょっと待ってて」

玄関のノブに手を掛けようとした所で、急に思いついたように彼女が私を呼び止めた。少しの間のあと、ぱたぱたと花子さんが戻ってくる。

「はい！　これ……貴方にあげるわ」

「え？」

突然、目の前に白い物が差し出された。

「飛行機……？」

「ええ、競技用紙飛行機。大会で使った飛行機じゃないけれど、おそらくあの子が最後に作った自由型機だと想うわ」

それは真っ白な飛行機模型だった。夢の中で見たのとは少し形が違う。夢の中の飛行機はグライダーのようにもっとシンプルだったけれど、これは主翼が上下にある複葉機だ。

「紙、飛行機……」

「チカちゃんは知ってるかもしれないけれど、あの子ね、競技紙飛行機に熱中していたの。それまで色々なことに興味は持ったけど、どれか一個がなかった志信の、唯一の趣味はこれね」

夢の中で見るあの飛行機は、てっきり模型か何かなんだと思っていた。紙飛行機と言われたら、どうしても簡単な折り紙の飛行機しか思い浮かばなかった。複雑な折り方もあるとはいうけれど、彼女が持ってきてくれたのは、そういう『紙を折って』作る飛行機ではなかった。

　紙を切り出して組み立てて、しっかり丁寧に、そしてきちんと飛ぶように作られた、紙製の飛行機。

「三年くらい前にね、私、結婚を考えてた人がいたの。志信とも仲が良かったし、彼を信じてたんだけど……ある日突然、私の貯金を持って消えちゃった」

　もうすっかり吹っ切っているのか、あっけらかんと花子が言う。

「それでもね、彼が志信に趣味を残していってくれた事は、良かったと思ってるの。あの子何でも器用にこなすけれど、今までなかなか一つのことに熱中しなくって」

　差し出された白い飛行機を手に取ると、指先から全身に甘い痺れのようなものが走った。なめらかな紙の感触。かすかな接着剤のにおい……私は確かに、これを知っていると思った。

　これは『わたし』の魂の記憶か、それとも本当に、私の中には宇津瀬君も宿っているのだろうか。

「あの子が死んでしまう、ちょうど二週間くらい前にもね、大会があったの。公式予選とかじゃなくて、北海道各地の競技紙飛行機の競技者や、同好会が集まった大会ね。うっかり競技前に飛行機を落として壊してしまって、残念ながら一位は逃してしまったんだけれど、でも優勝寸前だったのよ」

「落として壊した？」

「ええ。昔から、ちょっぴりおっちょこちょいな所があるのよね、あの子」

苦笑いする彼女。確かにベッドからジャンプして骨を折ったりした彼だ。そういうこともあるのだろうか？

でも奇妙な違和感がぬぐえなかった。もし『わたし』と『彼』が似ているのであれば、そんなミスをするとは思えない。そして、何よりあの日、確かに彼は川に向かって紙飛行機を飛ばしていた。

もしかしたらまぼろしかもしれない。それでも、『わたし』か『彼』の記憶の中には、確かに紙飛行機が飛んでいるのだ。無関係ではない気がする。

「花子さん。宇津瀬君が川に飛び込んだのは、その大会が原因という可能性はありませんか？」

「大会が？」

「はい。もしかしたら、そこで何かがあったのかも……私、知りたいんです。どうして彼が川に飛び降りたりしたのか」

「それは……こんな事、貴方に言いたくはないけれど……志信の死の原因は、一緒に飛び込んだ女の子と何かあったんだと思うわ」

花子さんは困ったように首をかしげて見せてから言った。悔しそうに。いや、初めて彼女の瞳に、怒りと憎しみの色が揺らめいたのが見えた。

「いえ……きっと、そうじゃないと思います。絶対違うかどうかは、わからないけれど。でも何か他にきっと、いえ絶対に別に理由があると思います……私には、わかります」

「隣のクラスの、綺麗な子だって聞いたわ。クラスで一番の女の子。でもご家庭にちょっと問題があったって、学校の先生も話してた。悩んでいたんじゃないかって。志信は優しいから、そんな彼女を放っておけなかったのかも」

「優しいからって、そう簡単に心中したりしないわ！」

咄嗟に言い返した声に怒気が宿って、自分でも驚いた。『わたし』の家庭に問題は無い。確かに父さんが逮捕されたことはあったし、母さんはあの通りだ。周囲はそんな風に考えても仕方がないかもしれない。何よりも『わたし』にも死ぬ理由が必要だから。

でもそうじゃない。たとえそうであったとしても、そんな事のために宇津瀬君は死なないだろう。『わたし』だったら、死なない。

「でも……だったら、どうして私に相談してくれないの？　別に私、あの子の趣味について反対だってしてなかったのよ？」

「それは……多分、花子さんを心配させたくなかったんだと思います」

実際の所理由はわからない。だけど、彼女に言えるだろうか？　私が宇津瀬君だったなら。愛おしいからこそ、話せない事はある。

　母親である花子さんにとっては、息子が母親には相談しにくいような、たとえば男女のあれこれのような、そういう事であって欲しいのもわかるけれど。でも二人はけっして、ロミオとジュリエットじゃない。

「花子さんは、知りたくないんですか。志信君の死の理由。曖昧なままでいいんですか？」

「そんな、曖昧でいい訳ないわ！」

「だったら……一緒に探して欲しいとは言いません、でも、少しだけ力を貸してください」

　残酷なことを言ってしまっただろうか。でも、もう後には引けない。

　真実を知る事が、どこまで正しいのかはわからない。空っぽの部分を埋めたい、もしかしたら私の利己的な望みなのかもしれない。花子さんを巻き込むべきじゃない。そう思わない訳じゃない。

　それでも突き動かされるのだ。私は、私の内側の、何かの力に。

「……じゃあ私は、何をすればいい？」

　険しい表情で私を見ていた花子さんが、とうとう折れたように視線を紙飛行機に移し、そして深呼吸を一つした。

帯広は空が高い。晴れていればこんなに気持ちがいいことはないと、父は言う。私にしてみれば、晴れよりは雨の方がいい。靴が濡れることよりも、日焼けする方が嫌だ。

北海道は涼しい……そんな風に思われがちだけれど、夏に気温が三十度を越えるのは珍しくもない。直射日光を浴びていたからとはいえ、帯広駅前の温度計が表示限界の四十度を越えてしまい、機械が誤作動してると勘違いして、自動で再起動をかけ続けた……なんて事もあった。

曇ったり、雨でじめじめするのも嫌だけど、ギラギラ照りつける日差しは辛い。だからといって、晴れが『わたし』の自殺理由とは思えないけれど。

母の逆鱗に触れぬよう、朝から従順に彼女に従った。その上で、昨日から担任の先生のお願いで、図書室の整理を手伝っているのだと母には嘘をついた。「捜し物があるらしいんだけど、みつからないって困ってるの」と。実際に探しているのは先生ではなく私だけれど。

母はひとまず信じてくれたようで、それでも遅くならないようにと私をたしなめた。わかっていると言って家を出た。今朝の天気は晴れ、照りつける日差しの中での外出は気が滅入るが、それでも今日は行かなければならない所がある。

昨日、帰宅した後に花子さんが色々調べてくれた。宇津瀬君の入っていた紙飛行機同好会の会員は十五名ほど。そのうち十勝大会に参加した人は、宇津瀬君を入れて五名らしい。

一人は同好会の会長を務めている男性で、宇津瀬君の事を息子のように可愛がってくれていたらしいが、飲食店数社の経営者で、札幌と十勝を多忙に行き来しているらしく、話を聞きたいとお願いしたけれど、すぐには無理だと断られてしまった。

残り三名が誰だったのかはわからない。仕方ないので花子さんは、同好会の事務方を引き受けている女性に連絡を取った。

けれどどうにも歯切れが悪い回答を貰ったそうだ。特に大会で宇津瀬君を破ったのは、同じ会の会員だった人で、しかも最近亡くなったらしい。原因を聞いても、はぐらかすような返事ばかりで、結局これ以上話せる事はありません、と電話を切られてしまったらしい。

はじめは宇津瀬君の自殺の原因と、紙飛行機大会の因果関係が半信半疑だった花子さんも、ここに来て急におかしいと感じたらしい。

「とはいえ、十勝大会って言っても、別に賞金が出たりするわけでもないし、ただ好きな人達が集まって、記録を競うだけの大会だったのよ」

それで誰かの命が奪われるような状況に、本当になるだろうか？　と花子さんは首をひねっていた。

競技紙飛行機というものに、私はほとんど知識が無かった。存在自体昨日初めて知った。宇津瀬君の参加した大会こそ、年に数回、北海道の数ヶ所で行われる非公式な大会だったが、各地で予選が行われる公式な全日本大会も毎年開かれている。アメリカのスミソニアン航空宇宙博物館が後援を行ったり、本田技研などの大企業が協賛だった事もある。大きな大会だ。

また、中学三年生までの最優秀記録者には、文部科学大臣賞が贈られるそうだ。

機体の大きさ、使用する接着剤など、細かく決められた上で用意した飛行機を、ゴムを使って空に飛ばし、今は主に滑空時間を競う。

五回、または十回飛ばし、五回の合計、もしくはタイムの良い五回分の合計時間が成績になる。紙の厚さや羽根の角度、飛ばし方、風の読み方で、上手くいけば紙飛行機は一分だって高い空を飛ぶそうだ。一分以上の滑空は、すべて六十秒とカウントされる。競技者にとってあこがれであり、目標である六十秒だ。

想像していたよりもずっと本格的な競技であることに、驚きを隠せない私の元に、「事務の子が、急に会って話したいっていうの」と花子さんから連絡が入ったのは翌日のことだ。

幸い仕事は休みだったらしい。一緒に話を聞きに行きましょう、という彼女の誘いに乗った放課後、私は珍しく注意力散漫で、花子さんと待ち合わせの電話をしながら、よりによって檜山嬢に下駄箱前で肘鉄を食らわせてしまった。

わざとじゃないのは彼女もわかっていたようだけれど、わざとじゃなくても痛いし、頭にくるだろう。けれど喧嘩するのは嫌だし面倒だ。今にも私を罵倒しようとした彼女の首筋に飛びつくように腕を回し、「ごめんなさい!」と強引なハグをして謝った。

これには彼女は面喰らったようだ。どうやら私と同じシャンプーを使ってる檜山嬢が、金魚のように口をぱくぱくさせていたので、更に胸ポケットから、輸入物のクマの形をしたグミの小袋を取り出し、ほとんど無理矢理手に握らせる。

『わたし』の部屋から出てきたお菓子だ。味はわからないけれど、未開封だし、少なくともお腹は壊さないはずだ。驚いている彼女に手を振り、反撃を喰らう前に大急ぎで学校から脱出する。

花子さんとは駅前での待ち合わせだった。彼女はエスタ側の入り口前、二匹の鹿の銅像の側のベンチに腰を下ろして待っていてくれた。

「チカちゃん」

気がついた彼女が、にっこり笑って手を振ってくれたので、私も手を振り返す。

「おかえりなさい。今日は学校どうだった? 楽しかった?」

「うーん……普通かな？　花子さんは？」

一緒に歩き出した花子さんが、自然にそう聞いてきたので、私もあまり深くは考えずに答えた。答えてから、一瞬二人で黙ってしまった。きっとその質問は、花子さんが宇津瀬君と日常的に交わしていたやりとりなのだろうと気がついたからだ。

彼女も無意識だったに違いない。そして私は、そういえば母さんに、一度も「おかえりなさい」と言って貰っていないことに気がついた。比べるのも変だとはわかっているけれど。

「ごめんなさい……不思議ね、なんだか志信と歩いてるみたいな気分になっちゃって」

花子さんが気まずそうに言う。いいえ、と首を横に振った。もしかしたら、本当に私は半分宇津瀬君なのかもしれないから。

「でも、チカちゃん、返事が志信と同じね」

「そうですか？」

「ええ。私、仕事で家を空けてることが多いでしょ。あの子が寝てから家に帰って、朝、あの子の顔を見れないまま出勤……って事も多かったせいか、私がそうやって聞くと、かならず『母さんは？』って聞き返してくれて……」

そこまで言うと、花子さんの声が涙で濡れた。本当に、私が宇津瀬君だったら良かったのに。生き残った体が、彼だったら良かった。

それが無理なら、私の中には宇津瀬君がいると、話せたら良かった。そうしたら、悲しむ花子さんを抱きしめてあげられるのに。

だけどそういう訳にもいかないので、二人で近くのカフェまで無言で歩いた。空は青い。せめて雨だったら、傘でお互いの顔を見ないで済んだのに。

駅から十分ほど歩いて、チーズケーキの美味しいお店に着くと、既に一人の若い女性が待っていた。

「中田さん、わざわざありがとう」

花子さんが挨拶をすると、中田さんと呼ばれた女性も席を立って頭を下げた。二十代前半か半ばくらいで、ストイックな雰囲気のグレーのスーツに、まとめ髪。四角い眼鏡。真面目そうな人だ。

チーズケーキと飲み物を頼んで、すぐに本題に入った。

「電話ではあんな風に言ってしまったんですが、やっぱり黙ってるのはどうかと思って」

中田さんはそう切り出した。

「どうって?」

アイスティーにガムシロをとろりと混ぜながら、花子さんが問う。

「そうですね……何からお話ししたらいいか。まず、この前十勝大会で優勝した笠井さんが亡くなったというのは、既にお話ししたと思います」

「ええ」

「表向きは心臓のご病気、という事になっていますが、実際は自殺されたんです。車で練炭を焚かれて」

驚いたように、花子さんは一瞬手を止めて、そして椅子の上で姿勢を正した。

「きちんと遺書が用意されていたそうです。笠井さんは長芋農家さんで、広い農地も持ってる方なんです。残された方達が困らないように、しっかりとあれこれ手配してあったそうです。でも、命を絶つ理由は書かれていませんでした」

まただ。理由の見えない死。まだ半信半疑の部分があった花子さんも、考えを改めたように真剣な表情だ。

「その事と、志信になにか関係があるの？」

「それが……笠井さんが亡くなったの、志信君の遺体がみつかった翌日なんです」

躊躇の後、中田さんはそう声を潜めて言った。花子さんが両手で顔を覆う。

「……最初に変だなって思ったのは、大会の日です。その日、志信君は本当に調子が良くて、セッティングもばっちりだって言ってたんです。だけどいざ、最後の一投、彼の番になったのに、志信君はお手洗いに行ったまま、帰ってこなかったんです」

「私も、調子は良かったって聞いています」

「ええ。だからどうしたんだろうって、石川会長が探しに行くと、志信君がとても落ち込んだ様子で会長と戻ってきました。セッティング中に、うっかり機体を落として、壊してしまったんですって。機体は完全に羽根が折れていました」

大会の日は、残念ながら花子さんは仕事で見に行けなかった。家に帰ってきて、大会の結果を聞いた。惜しい結果だとは聞いていたけれど、具体的な話を聞くのは初めてらしい。

「その日は結局、笠井さんの優勝で終わりました。笠井さん……とっても嬉しそうでした。笠井さんと志信君、ちょっとライバル意識がある感じだったので、笠井さんは余計嬉しかったんだと思うんです」

「そういえば、同時期に始めたおじさんが居るって聞いてるわ」

「はい。笠井さんの事だと思います……でも、私は、変だって思ったんです。落としたぐらいで、そんな直すのが無理なくらい壊れたりしません。どうしたの？　って聞いたら、彼は悲しそうに、間違って踏んでしまったから仕方ないって言いました」

花子さんと思わず顔を見合わせた。落として、自分で踏んだりするほど、宇津瀬君は不用意だろうか。確かに幼い頃怪我はしただろう。だけど私には、もっと彼はしっかりしているように思える。

「私も変だと思う」

花子さんも言って、私たちは三人で確信するように頷いた。

「疑問が確信に変わったのは、その二週間後です。志信君がいなくなった翌日、その日たまたま石川さんの所に用があって、彼の帯広のお宅にお邪魔しました。久しぶりに暑い日で、窓が開いていて……インターフォンを押そうとした私の耳に、『わたしのせいじゃない！』という、男性の声が聞こえたんです」

聞き耳を立てるつもりはなかったが、その剣幕に不安を覚え、中田さんはそっと窓の側に身を隠した。

「声の主は、やっぱり笠井さんでした。二人はほとんどひそひそ声だったので、話の内容まではっきりと聞こえませんでしたが、志信君の事を話しているのはわかりました。笠井さんは泣いているようでした」

そして、宇津瀬君の亡骸が見つかった翌日、笠井という男は自殺した。残された手紙の最後の一文は、『本当に申し訳ない。どうか許してくれ』だったという。家族に宛てたものであると同時に、それは宇津瀬君への言葉のようにも思えた。

「大会の日、何かあったんですか？　と一度だけ石川会長に聞いたけど、彼は険しい顔をしただけで、何も教えてくれませんでした」

「じゃあ、もしかして……」

「はい。恐らく、笠井さんが、志信君の飛行機を壊したんじゃないかと思うんです……志信君は優しいから、きっと笠井さんを庇ったんでしょう。もしかしたら彼のためではなくて同好会の為かも。競技者のモラルを貶める事ですし……そういう事をするグループだと、思われたくなかったんだと思います。実際、みんな正々堂々と、紙飛行機を愛しています」

　ほんの少し、魔が差したのかもしれない。誰だってそういうことはあるだろう。だからといって、彼のやったことは許されるようなことじゃない。

　ただ、勿論それは、彼女の推測だという。そこまで話すと、休憩時間が終わると言って、中田さんは店を後にした。近くの大型スーパーで働いている人なのだ。

　後にはほとんど手がつけられないままのチーズケーキと、アイスティーが残された。

「大丈夫ですか？」

　中田さんが席を立ってからもしばらく、花子さんは動けなかった。

「私……全然気がついてなかった。あの子がそんなに苦しんでたなんて。大会の結果も、残念ね、でも好成績で良かったわね、なんて言ってしまったの。あの子が不当に勝利を奪われたのかもしれないのに」

　花子さんは、顔を覆って呻くように言った。そのまま動けないようだった。その肩が震えている。

『矢作遠子』という見知らぬ少女を犯人にして、憎む生活の方が良かったのだろうか。突然内側から芽吹いた茨に引き裂かれている花子さんを前にして、不意に『私が遠子』

だと打ち明けたい衝動に駆られる。

だけど私に手を伸ばした宇津瀬君には、少なくとも悲愴感はなかった。そうだ、『わたしたち』は苦しんでいなかった。

ざらっとした違和感が胸の淵を撫でる。本当に笠井の事だけが原因なのだろうか。まだ他に何かあるのでは？　私たちは何か肝心な事を聞いていないのかもしれないし、中田さんが語ってくれたことは、まだ真実が足りないのかもしれない。

「花子さん……その、石川さんの連絡先、いまわかりますか」

「ええ……あの子の葬儀の時、随分力になってくれたもの。私一人でおろおろしているのを、全部てきぱき代わってくださって……それなのに……」

それなのに、彼は宇津瀬君の死の原因を知っていたのだろうか。ぬけぬけと。もしかしたら葬儀の手伝いだって、彼にとっての罪滅ぼしだったのかもしれない。

「電話を貸してください。石川さんにもう一度連絡をとりましょう」

仕事で、と断られたのは知っている。だけど、今すべてを知るのは彼一人だろう。

「チカちゃん、でも……」

『でも』の後は聞きたくなかった。弱気な声。もうこれ以上は、とか、多分続くのはそういう言葉だ。

「でも私は推測じゃなくて、真実が知りたい」

だってせっかく、答えに近づいているのかもしれないのだ。どうして今ここで、足を止められるだろうか。『来て』と彼が『わたし』を死に誘った意味に手が届きそうなのに。私に押し切られるように、やがて花子さんはスマホを手にした。電話帳から石川さんの名前を開いて、そしてスマホを手渡してくれる。憔悴した表情の彼女は、ダイヤルボタンまでは押せなかったのだ。

数回の呼び出し音のあと、留守番電話に切り替わった。でもそれじゃ駄目。今話がしたい。一度切ってもう一回かける。もしかしたら会議や商談の最中かもしれないが、知った事ではない。私は世間知らずの高校生だし、これは人の生き死にに関連する事だ。彼が電話に出るまで、延々と電話をし続ける。真実が手に入るなら、方法は選ばない。それにこの異常性に、彼は危機感を抱くだろう。何かが起きているとわかる筈だ。宇津瀬君の母親からの、狂気を感じる着信。彼が本当に宇津瀬君の死に、間接的にでも関わっているのであれば、この電話は拒めない。

十度目のダイヤルの後、とうとう根負けしたように電話がつながった。

『花子さん。すまないが、今打ち合わせの最中で……』

迷惑そうな、けれど怒りは押し殺した声で電話の主が出た。

「石川さんですね。お忙しいところ失礼します。志信君の友人のチカと言います。大至急、貴方にお伺いしたい事があります。笠井さんのことで」

電話を切られる前に、やや早口で言うと、電話の向こうからは沈黙が返ってきた。

『何を言っているかわからない。これは花子さんの電話だろう？　いったい何のつもりだ？』

「ただ、お話を聞きたいだけです。貴方が花子さんに隠している事を」

『…………』

「貴方を陥れたい訳じゃありません。知りたいだけなんです」

『知ってどうなる？』

「その言葉を志信君の前でも言えますか？　あんなに、小さな箱に収まってしまった、骨になってしまった志信君の前で？」

低いうなり声が、耳もとに響いた。

『……わかった、三十分後にホテルのラウンジで会おう』

三十分後に、近くのホテルで待ち合わせをして、彼は一方的に電話を切った。

ホテルはカフェから近かった。十勝レンガ造りのシティホテルで、大地の色をしたレンガと森の木々をイメージした内装に、とても雰囲気と高級感がある。

木漏れ日の差し込むラウンジで、石川という男を待っていると、彼は二十分ほどで現れた。

年齢は父とそう変わらないくらい。よく日焼けした、しまった体つきの精悍な男性だ。電話ではもっと年配で、横暴な雰囲気の人を想像していたのに。

彼は私の隣に花子さんがいるのを見て、明らかなる動揺を見せた。彼女が一緒だとは思わなかったようだ。

私も彼女と別に行動しようと思った。彼女は既に憔悴しきっていたのだ。かわりに話を聞いて来ると言う私に、彼女は気丈にも同行すると言った。こうなったら、最後まで自分の耳で話が聞きたいと。

憎むべき相手が『矢作遠子』から、『笠井』に変わっただけならいい。憎む相手が増えただけかもしれない。それならいい。彼女の醜い姿はみたくないけれど、それ以上に彼女が傷つくのは本望ではない。

石川も同じように思ったのだろうか。きっと彼女に聞かせたくない話なのだ。花子さんに紹介された私を、彼は鋭く睨んだ。

けれど、もう後には引けないのだ。まるで挑発されるような形でここに来てしまった以上、彼は自分が真実を隠していると認めたのと同じだ。花子さんをこれ以上欺くわけにはいかない。

「……せめて、外に行こう。空が見えるところで話したい」

苦々しい表情で言うと、彼はホテルの庭へと歩き出した。木々が茂り、時にはエゾリスが顔を覗かせる静かな場所だ。

一方的なように思ったけれど、人目を避けたかったのかもしれない。まだ空は青く明るいけれど、レンガに落ちる影は濃さを増している。本格的な帯広の夏らしく、今日もまだ気温が高いけれど、木々の間を過ぎる風は涼しく、心地よかった。

「笠井さんにとって、志信はライバルだった。紙飛行機の前では、年齢の差はないからね。仲が悪かったとは思わないよ。特に志信は大人の前での立ち回りが上手だった」

木漏れ日の間から、青い空を見上げながら石川さんが言った。

「志信は器用だったし、なにより風を読むのが上手かった。笠井さんはちょっと豪快な所があったせいか、タイムにムラが多くてね。飛行機を飛ばし始めた時期は同じでも、気がつけば二人には差が出来ていた」

大きな農園を切り盛りしている笠井さんは、自分で運命を切り開いてきたような、豪傑だ。その性格が、飛行機の飛び方にも表れていたという。力強く、まっすぐ飛ぶ彼の飛行機と、風をとらえて舞うような宇津瀬君の飛行機。

「……ただの娯楽だと割り切れれば良かった」

苦々しく、吐き出したつぶやきを、木々のざわめきが浚う。石川さんを、花子さんは無表情で見ていた。

「笠井さんは悪い人じゃない……ただあの日は嫉妬を抑えることが、彼はどうしてもできなくなったんだ。向上心と虚栄心は、時に境目が曖昧だ」

「だからって……あの子の飛行機を壊すなんて酷いわ……」

とうてい納得出来ないのは私も同じだ。そっと花子さんの肩に手を添えると、彼女は私の手に、自分の掌を重ねてきた。

石川はそんな私たちを見て、目頭を押さえた。

「……そうじゃないんですか?」

何かを堪えるような彼に違和感を感じて問うと、彼は深いため息を洩らした。

「彼が直接壊したわけじゃないんだ。話はもう少し……根が深い。彼がやったのは、買収なんだ。彼は志信から、勝利を買ったんだ。機体を壊したのは志信自身だ」

笠井は、志信に勝ちを十万で譲って欲しいと申し込んだ。どうしても、彼は勝ちたかった。

「だけどあの子はその申し出を断った。笠井さんはもう五万出すと言ったらしいが、志信は首を縦に振らなかったんだ」

「だったら、どうして?　あの子は断ったんでしょう?」

「……私の、せいだ」

そう絞り出して、石川が白樺の木に額を押しつける。

「笠井さんをなんとかして欲しいと、志信は私に泣きついてきた。間違っているのは笠井さんだと、私も志信もわかっていたんだ。だけど私は……私が、志信にその提案を飲むように言ったんだ」

「どうしてそんな事を⁉」

花子さんが叫んだ。カっと激昂した彼女の背中を見て、石川が外で話がしたいと言った理由がわかった気がした。

「笠井さんが不憫だというのもあった。二人を同時に見てきたからね。そして、あの子の方が実力が上だということもわかっていた。だから、今日は彼に勝たせてやって欲しいと、私が言ったんだ。十五万だってけして安い額じゃない。あの子の為になると思った。ここは志信が引けば、すべてが丸く収まると」

「だからって！　じゃあ……貴方たちは十六歳の子供に、自分で飛行機を壊させたのね」

きり、と花子さんは唇を噛む。悔しさに。

悩んだ末に、宇津瀬君は自分の飛行機を壊した。くだらない、仕組まれた勝敗を前に、作り笑いをしながらも彼はうちひしがれていた。飛行機はまた作れる。けれど傷つけられた心は、そう簡単には癒やせない。

「あの子が可哀想だわ」

拳を握りしめて石川を睨んでいる花子さんを、そっと近くのベンチに座らせ、その隣に腰を下ろす。もう一人分のスペースはあったけれど、彼はここには座らずに白樺の木に寄りかかった。

そんな私たちの間を、老夫婦がゆっくり歩いて行く。手を取り合って歩く二人が通り過ぎ、その背中が小さくなるまで、私たちはじりじりと黙っていた。

けれどとうとう待ちきれずに、俯いていた花子さんが石川を見上げる。

「恥ずかしくはないの？　あの子にそんな思いをさせて勝つなんて」

「私は恥だと思った。すぐに後悔した！　間違いだと気がついた時にはもう遅かった。私に出来ることは、約束通り笠井さんに、志信に報酬を払うように言うことだけだったんだ。幸い、彼はその約束は守った……本当に酷いのはその後なんだ」

「……どういう事？」

石川は、一瞬私を見た。話をする許可を求められた気がした。傷つく彼女を支えて欲しいと、そんな風に求められた気もする。頷いてみせると、彼は深呼吸をした。

「本当に嬉しそうだったよ。笠井さんは、あんまり嬉しくて、気が大きくなってしまった。実際成績が良かったのは事実だからね。志信が棄権しなくても、自分で勝てたと思ったみたいだった。そして、あろう事か、彼は志信にこうささやいたそうなんだ。『金で勝利を売るなんてな』と」

「そんな！」

金で買った自分を棚に上げて、なんという言い草だろう。やり場のない怒りに、咄嗟に立ち上がって石川に飛びかかろうとする花子さんを、抱きしめるようにして押し止める。

私も怒れたら良かった。そうすれば、こんなに悲しげに、そして怒りに歪んだ花子さんの顔を見ないで済んだかもしれない。

「そんな浅ましい人間には、どっちみち優勝は出来なかったはずだと。悔しげな志信の顔を見て、笠井さんはやっと真の勝利を嚙みしめたんだ。後ろめたさもあったんだろう……彼は自分を正当化したかったんだと思う」

そして、その二週間後、志信は川に飛び込んだ。二週間という時間を、彼がどう過ごしたのかはわからない。

「けれど志信がね、飛び降りる前に、川に向かって飛行機を飛ばしていたのを見た人がいたと聞いたんだ。笠井さんは心の底から後悔した。泣きながら私に謝罪をしたんだ」

謝る相手を間違えている。彼はそう指摘した。けれどどうしても、笠井は花子さんの所に行けなかった。金を受け取る事を勧めた以上、自分は共犯者だ。石川も強く彼を責めることが出来なかった。

そして、確かに志信が死んでしまったと知った翌日、彼は命を絶った。贖罪の為に。あの子の死を、命をかけて詫びる為に。

「ずっと貴方に話すべきだと思っていた。だけど苦しんで自殺した笠井さんの事を、自業自得と突っぱねることが出来なかったんだ。それに教えてしまったら、花子さんは自分の息子のせいで、もう一つ命が失われたと、思うかもしれない――」

「あの子のせいじゃないわ！　それに、償えてなんかいない！　何人死んだって、あの子の命には足りないわよ！　あの子が戻ってこなくちゃ足りないの！」

「花子さん……」

石川は、石川なりに花子さんを案じたのだと思った。だから葬儀を手伝ったり、悪意すら感じる電話にも、怒ることはなかった。彼も償う方法を探しているのだ。

それでも花子さんはそんな彼を罵倒した。私が手を解くと、彼女は泣きながら石川の胸を拳で叩いた。石川は俯いて、溢れる花子さんの怒りをまっすぐ受け止めた。俯いた彼の頬に涙が光る。

少しだけ彼の気持ちがわかる気がした。償う方法を、私も探しているからだ。

ゆっくりと日が傾き始めた空の下、少し湿った土の臭いの中で、花子さんはひとしきり泣いた。泣いて何かが変わることはないけれど、涙の中から何かをすくい上げられたらいい。彼女がまた明日、一人で朝目覚めた時、呼吸し続ける為に必要な何かを。

やがて泣き止んだ花子さんは、しおれてしまったように静かだった。石川は花子さんと私をタクシーに乗せ、そして「花子さんをお願いする」と言った後、そして急に何かを思いだしたように、「君とどこかで会った事があるかな?」と言った。

もしかしたら、彼は『矢作遠子』を知っているのかもしれない。咄嗟に「ないと思います」と答え、運転手さんに車を出すようにお願いした。

桃色に染まって棚引く雲。青とピンク、オレンジと紫。何色も混じり合った空を眺めながら、窓ガラスに頭を預けていると、「チカちゃん」と花子さんが呟いた。

「……石川さんはああ言ってくれたけど、結局志信が飛行機を壊したのは、お金の為だったのかもしれないわ」

「え?」

なんとなく、もっと飄々としているというか、お金より大事な何かを、彼は大事にしているように思っていた。けれど私は彼を知らない。

「あの子ね、高校に上がってから、お小遣いはいらないって言ってくれたの。学費とかだけで大変だろうからって。自分の分は自分でバイトして稼ぐって言って、時には家にいくらか入れてくれたこともあるのよ」

母一人、子一人の家庭だ。仕事を掛け持ちしていたという花子さんや、築年数が重ねられているとおぼしきアパートを見れば、宇津瀬家が裕福ではないのはわかる。

宇津瀬君は花子さんを支えていたのだろう。漫然と両親からお小遣いを貰って生活している自分とは正反対だ。

「昔からお金のことで随分我慢してたと思うのよ……私のせいだわ」

「それは花子さんのせいじゃないわ」

「いいえ、私のせい。あの子に不自由ばっかりさせて来たの。足を折ったのだって、結局私が普通のベッドを買ってあげられなかったからよ……親を選べなくて、子供って可哀想だわ」

ひどく疲れた表情で、花子さんが言う。押し殺した声で。その横顔に、不意に母を思い出した。

「……親だって、子供を選べないんだから、同じです」

母は、後悔しているだろうか。私の母親になってしまった事を。

私が言うのはどうかと思うが、笠井にも家族が居たはずだ。彼の突然の死を嘆いている人がいる。笠井も、宇津瀬君も、『わたし』も、家族の涙の重さにどうして気がつけなかったのだろう。溺れてしまう程の涙に。

やがてアパートに着くと、花子さんは脱力したようにドアに寄りかかった。真実なんて知らなきゃ良かったんだろうか。

だけど私の胸には別の違和感が芽生えていた。空白の二週間に、宇津瀬君の背中を押したのは誰だったのか、何だったのか。まだ、パズルのピースが足りない。

「遠子?」

のろのろ家の鍵を鞄から出す花子さんを見守っていた私の背後から、声がした。

「遠子！」

もう一度、名前を呼ばれる。

そこでようやく気がついた。声の主が、私を呼んでいることに。

慌てて振り返ると、一瞬オレンジ色の夕日がまぶしかった。逆光で顔に影を落とした声の主を、改めて確認する。

広いおでこ、揺れるポニーテール……そして、突き刺すような眼差し。

「檜山さん……」

「あら」

鍵を手にして、花子さんも振り返った。

「チカちゃんも……知ってるの？」

知らないわけがない。だけど返事が出来なかった。

「志信の隣のクラスで……一緒に川に飛び込んだ子と同じクラスの子なの。矢作さん……だったわね。彼女、亡くなってないけれど、具合は良くないって聞いているわ。相手のご家庭のことは、なかなか教えてもらえなくて……彼女だけは時々志信に会いに来て、色々話してくれるのよ」

檜山嬢の前であるせいか、急に元気そうなふりをする気丈な花子さんの前で、私は言葉を失った。

「……具合は、もういいと思いますけど」

花子さんの話を聞いた檜山嬢が、私を睨みながら言う。軽蔑の眼差しだ。

「檜山さん、ちょっと……」

どんなに憎まれても、蔑まれてもかまわない。だけど今は駄目だ。私がチカである間だけは。彼女に口をつぐんでもらわなければ。何をしてでも——だけど、どうしたらいい？

「元気でしょう？　そうだよね？　遠子」

まっすぐに、檜山嬢が言う。

ねっとりと絡みつくような沈黙が、私から言葉を奪う。

「……とおこ？」

やがて不思議そうに、花子さんが声を上げた。

「ええ、そうです。宇津瀬さん、どうしてこの人と一緒に居るんですか？　彼女は、絶対に貴方の側に居ちゃいけない人なのに」

つかつか歩み寄った檜山嬢が、花子さんの腕を摑んで自分の方に引き寄せた。彼女の手から家の鍵がこぼれ落ち、キーホルダーの鈴が苦しげに土の上で鳴いた。

「……どういう事？」

花子さんは困惑しているようだった。檜山嬢は、そんな花子さんを守るように背中に庇う。

「ねえ……あなた、誰なの？　チカちゃん」

檜山嬢の背中から、花子さんはいぶかしげな眼差しを向けた。突然現れて、息子の死因に近づこうとする奇妙な娘に。私に。

「チカ？　違いますよ」

「お願い、言わないで檜山さん」

私の押し殺した声、懇願は、聞き入れられなかった。

ふっと檜山千晶が嗤う。

「この子は矢作遠子。志信君を川に突き落として、のうのうと自分だけ生き残った殺人犯です」

夕焼けを引き裂くような悲鳴が、びりびりと鼓膜を震わせた。

花子さんの事は、傷つけたくないと思っていた。この人のことは大切にしたいと思った。出来ることなら力になりたい。

それは石川も同じだったと思う。だから彼は本当のことを言えなかった。その罪深い辱では。

「そんな！　どうして⁉　どうしてこんな事を⁉　どうしてよ！」

二重の裏切りだ。石川と、私。突然二人に裏切られた彼女は、髪を振り乱して地面に膝を突いた。

「私も殺すの⁉　あの子のように川に突き落とすつもり？　傷ついたあの子を！　可哀想な志信を！」

「違います！　私はただ、ただ知りたかっただけです！」

ざり、と音を立てて花子さんは固い地面の土を摑んだ。

「消えて」

小石と、黄色い土埃が舞う。私を追い払おうとしているのだ。風に吹かれてしまう砂。そんなか弱い武器しか持たない彼女が、とても小さく見えた。

「あっちへいって！　もう二度と私に関わらないで！」

もう一度小石を投げつけ、そして落ちた鍵を拾うと、彼女は私を突き飛ばして、自分の家へと飛び込んだ。ドア越しに、叫ぶような泣き声が聞こえる。

「最低……なんでこんな酷いことをするの？」

心底軽蔑した声で檜山嬢が言った。貴方さえ来なければ、こんな事にならなかった──そう言いかかった言葉を飲み込む。いや、悪いのは彼女じゃない。

「……知りたいからよ」

「知りたい？」

「花子さんを傷つけたかったわけじゃないわ。だけど私は何にも思い出せないから」

　こうなるかもしれない不安は、ずっと最初から抱いていたはずだ。

「だから、私は知りたいの。『わたし』がどうして死のうとしたかわからない。宇津瀬君がどうして一緒に飛び降りたのかも。なんにもわからない。だけど毎晩夢に見るの、二人のことを」

「二人のこと？」

　どこかの家の夕食の、煮物の甘い匂いがする中で、自分を抱きしめるように腕を胸で交差させる。何かを味わうという、生きることに直結した喜びを奪われたことすら、目の前に自分の罪を突きつけられた気持ちになる。

「ええ、そうよ。二人なの。貴方は……信じないでしょうけれど、私ね、体の中に、二人の魂があるような気がする」

「何よそれ」

「私も自分で馬鹿な事を言ってると思うわ。だけど私は『わたし』じゃないの。目が覚めてからずっと、自分が他人に感じてる。矢作遠子は、本当は多分あの日、宇津瀬君と一緒に死んでしまったの……いいえ、彼と一つになったんだと思う」

「はぁ？　頭、おかしくなったんじゃないの？　訳わかんない！」

　当然ながら、檜山嬢は汚らしい物を見るように、その表情に浮かんだ嫌悪感を隠しもしなかった。涙がひとしずくでも流れれば、彼女は信じてくれただろうか。

「そうかもね。でも……だからこそ、私は二人が死を選んだ理由が知りたいの。見つけなきゃ駄目だって、私の本能が私を突き動かすの」

犯人探しに意味は無いかもしれないと、泣き崩れた花子さんの姿に思う。せっかく落ち着いた川面を、むやみやたらにひっかき回して、水を濁らせるだけなんじゃないだろうか。

だけど、水底には確かに汚泥が溜まっているのだ。何も知らないふりをして流れる水には、どうしてもなれなかった。

「そしてもし本当に私が彼を殺したなら、私は花子さんに一生をかけて償わなきゃならない」

——何人死んだって、あの子の命には足りない。

石川に叫んだ、花子さんの声はまだ耳に残っていたけれど、どんな事をしても彼女には償いたいと思った。

「この体が、宇津瀬君の体だったら良かった」

そうしたら、何もかもが上手くいったに違いないのに。

夕暮れの風に揺れる自分の長い黒髪を、地面に落ちた影越しに見ながら独りごちると、

「馬鹿みたい」と檜山嬢も呟いた。

だけど遺された人が花子さんではなく、母さんだったら我が家はどうなっていただろう。母さんはたくさん悲しんだかもしれない。だけど、もしかしたら自由になれたかもしれない。

花子さんと宇津瀬君なら、きっと優しい時間を過ごせただろう。朧んで弾けそうな私と母さんとは違って。

神様は意地悪だ。

いつだって、嬉しくない方の選択肢を選ぶ。

花子さんに謝罪のメールを送ったけど、何も返ってこなかった。

翌日の放課後、今日こそはというシロとつっかに手を引かれ、駅前のカラオケに行くことになった。昨日の花子さんの姿が頭から離れない。少しは気晴らしになるだろう。

そんな風に考えながら、バスで帯広駅に向かっていると、一通の通知メールが届いた。

Ruming にメッセージが投稿されたのだ。

長野屋のデカ盛りレストランで待っているという内容だった。

「どうしたの、遠子」

誰だろう、とは思ったけれど、断る必要は感じなかった。

「ううん、ごめん……用事を思い出したから、先に行っててくれる？　ちょっと駅に行かなきゃいけないの」

「駅に?」

「ええ。そこの、バス停の前の猫のマークのカラオケでしょ? すぐに行くから」

丁度バスは駅の手前の、カラオケ屋の近くで止まったので、深いことを聞かれる前に彼女たちだけバスから下りて貰う。

程なくしてバスが駅前で止まると、まっすぐ駅を抜けて長野屋へと向かった。

長野屋の一階にある、レストラン。アジアンテイストがコンセプトの店内に反し、出てくるメニューは普通に洋食レストランで、数百円プラスするだけでサイズアップしてくれるのが、学生の間で人気だ。

この日も混んでいて、レジの所では待っているお客が多かったけれど、匿名の主は既に席を確保していたらしい。着いた、とメッセージを送ると、奥の席まで来るように指示される。

水の流れる、異国のリゾート感のある店内を進む。席はすべてボックス席で、全部薄い紗のカーテンで仕切られているのも、若い私達には嬉しい。奥まで歩みを進めると、やがて一人の少女が、ポニーテールを揺らしてカーテンから顔を出した。

「遠子、こっち」

檜山嬢だった。なんとなくそんな気はしていたが、どうやら集団いじめといった事でなく、待っているのは彼女一人だった。

「ご招待は私だけ？」

その質問は盛大に無視された。

「何か頼む？」

メニューを覗き、私を見ないまま聞かれた。質問する割に、私にはメニューを見せる気はないのか、もしくは『わたし』は、メニューをよく知っていたり、頼む物が決まっていたのかもしれない。

「今はそんなにお腹がすいていないわ」

さしあたってそう答えると、沈黙が返ってきた。

「私もなんだよね……じゃあ、この、期間限定のココナッツとグレープフルーツのパフェでいい？」

「ええ」

別にかまわない。グレープフルーツは苦手だったけれど、今はその味すらわからない。オーダー後に見せて貰った写真では、なかなか美味しそうだ。

中学の頃はあまり来たことがなかったけれど、なかなか店が定着しなかった長野屋の一階に、長いこと店を構えているので、量や値段もさることながら味もなかなかなんだろう。

小さな子供を連れてきても安心なようにか、個室には小型のテレビが付いている。アメリカの子供向けアニメが流れていた。

会話の糸口を思いつかなかったので、しばらく二人でぼんやりアニメを見た。コミカルなアニメだ。それまで不機嫌そうだった檜山嬢が、小さくふふ、と笑った。

「昨日は、どうして宇津瀬君のアパートに？」

空気が緩んだ瞬間を逃さずに聞いた。

だけどそれはこっちの台詞だと、檜山嬢は露骨に顔を顰めた。

放課後、私が花子さんと電話している事に気がついて、不審に思った檜山嬢は、わざわざ花子さんの家を訪ねていったらしい。今ではクラスの意地の悪い先導者になっているけれど、もしかしたら本当は悪い子ではないのかもしれない。

「信じてもらえないかもしれないけれど……悪意はなかったのよ。結果的に花子さんの事を傷つけてしまったけれど、それは私の本意ではなかったの」

「そう、私は遠子の言うことは基本信じないから」

ふん、と檜山嬢が鼻を鳴らした。彼女は全身がトゲのようだ。

向かい合った喧嘩なら難しくはないけれど、彼女と穏便に会話するのは難しそうだ。どのカードを切ればいいのか悩んでいる内に、助け船のようなパフェが来た。二色のグレープフルーツが大ぶりに飾られ、更にゆるめのゼリーの上に、ココナッツアイスがのり、細切りココナッツがまぶされている。グレープフルーツのさわやかな酸味と、ココナッツの甘い香りがいかにも夏らしい。

にっくき相手でも、一杯のパフェを二人で囲むのはやぶさかではないらしい。お互いにスプーンを入れて、思わず微笑み合った。アイスクリームは冷たくて、ココナッツはコリコリしている。鼻に抜ける香りも甘くて丁度いい。

「美味しい」

「うん」

檜山嬢が呟いたので、私も肯定した。正確には美味しいとは違うけれど、これを食べるのは嫌じゃない。

けれど今度は不思議そうな彼女の視線が刺さった。

「……何？」

「ううん。ただ遠子はグレープフルーツも苦い、まずいって言って、食べなかったけど、それ以上にココナッツは味も臭いも大嫌いだったはずだから」

「……本当？」

こくんと檜山嬢が頷く。

「じゃあ、私の大嫌いなパフェを選んだのね」

なかなか意地の悪いことをするものだ。

「嫌がると思ったんだもん。でも普通に食べてるからびっくりした」

「自殺未遂以来、味覚障害があるの」

「じゃあ、味がわからないの？」

今度は私が頷く番だ。

「はっきりとは。でも匂いは感じる。他にも色々……一回心臓が止まって、脳に酸素が行かない時間があったから、いくらかダメージを受けているんですって。記憶が無かったり、別人みたいなのも、一応医学的な根拠はあるわ」

「だけど遠子は、自分の中に志信君の魂も入ってるって、考えてる」

「ええ」

大ぶりのピンクグレープフルーツを一口ほおばって、檜山嬢は眉間に皺を寄せた。苦かったのは、グレープフルーツか、それとも私の言葉なのかはわからない。

「檜山さんが信じられないのは無理もないわ。荒唐無稽なことを言っているのは、自分でも自覚しているから」

「千晶でいい」

グレープフルーツをこくんと飲み込んだ彼女が、ぽつりと言った。

「遠子は、甘える時かならず私をチャキって呼んでた。『チャキ、わたし、苺のパフェじゃなきゃ嫌なの。ねえ、いいでしょ？　チャキも苺は大好きでしょ？』って言うの。

そして檜山さんって呼ぶときは、私を突き放す時だった」

だから嫌な気分になると、彼女は言った。神妙に頷くと、彼女は苦笑いした。

「一晩考えたの、昨日話してくれたことを」

「……本当に？」

「うん。一応ね。遠子が変だっていうのは、私も感じてたし。それに――」

「それに？」

「………」

そこまで言うと、彼女は不意に黙り込んだ。言葉を探しているように。店内の喧噪が耳に響く。楽しそうにはしゃぐ声、驚く声、笑い声の中に、数ヶ月前は私の声も混じっていたのかと思うと、不思議な気持ちになった。

「……遠子はね、私の事を嫌ってたと思う。私から全部を奪って、惨めにさせたがっていた。一緒に入っていた部活も、遠子ばっかり注目されてたのに。一生懸命だった私を尻目に、あっさり『飽きた』って言って辞めちゃったの。馬鹿にされてるんだって思った」

やがて、ぽつぽつと千晶は話し出した。部活をすぐにやめた事は聞いていたけれど、経緯を聞いたのは初めてだ。本当に飽きたのか、それとも千晶に当てつけたのかはわからない。

「好きな人が出来たら、私より先にその子に告るの。前に好きになった和田君なんてね、好きだってバレた翌日には、遠子、和田君とつきあってた」

それはあまりに露骨で明確なデモンストレーションで、言い逃れのしようもない。

「しかも、次の週には別れてた。理由は、『やたらとSEXしたがって、気持ち悪いから』だって。お陰で彼は、先生に呼び出されたり、みんなから変態呼ばわりされて、今は学校に来てない」

「そんな……」

「あんな男とつきあってたら、千晶も酷い目にあったって、遠子が言ったんだよ？　そうして、私が怒ると、『チャキは私の事嫌いなの？』って、嘘泣きしながら言うの……私は馬鹿だから、結局何度も騙された」

悔しげにスプーンをきゅっと噛んだ千晶に、なんと言えばいいか戸惑った。正直、どうしてもっと早く、『わたし』と縁を切らなかったのかと思う。けれど同時に、『わたし』という人間の意地の悪さと、狡猾さを改めて思い知る。

「散々騙されて、いい加減にもう嫌になって、遠子と少し距離を置こうって思った。中学が同じだった月貴香と一緒にいる方が楽だったっていうのもあるけど。遠子にはこっちが気を遣わなきゃいけなかったけど、月貴香は逆だから」

「確かに、つっかはよく気の利く子ね。私も随分助かってる」

「月貴香は一見いい子だからね」

　にやり、千晶が皮肉な笑みを浮かべる。

「でも上辺だけ。月貴香は自分を守るためなら、平気で友達も裏切るからね。知らないで月貴香に好きな人のことを話したの。誰にも、特に遠子には絶対内緒にしてって言ったのに」

「なのに……彼女は『わたし』に話した」

　肯定の代わりに、千晶の顔がくしゃっと歪んだ。

「私の目の前で、どっちの事が好き？　って、貴方は月貴香に聞いたの。私と遠子、どっちを選ぶ？　って。……つっかは、結局遠子に逆らえなかった」

自分の居場所を探すように、いい子で必死な月貴香。彼女は千晶の目の前で、意地悪な私の問いかけに抗えず、千晶を裏切った。千晶が思いを寄せる人の名前を、彼女の前で『わたし』に洩らしたのだ。

「最悪だって思ったけれど、でもね、和田君の時みたいにはならなかった。逆にね、恥を掻いたのは遠子だった」

「『わたし』？」

「そう。すぐ翌日、また遠子は私の好きな人に告白したの。女王様な遠子は、断られるとは思ってなかったんだと思う。でも、相手はあっさり断った。『君みたいな、性格の悪い子は好きじゃない』って、彼はみんなの前でそう言ったって——志信君は」

「宇津瀬君が？」

まさかここで、『わたし』の人生が、彼につながるとは思ってなかった。

「だから、二人はつきあってなかったと思う。でもそれから一ヶ月もしないで、二人は心中したの。だから私は……志信君が死んだのは自分の意志じゃないわ、遠子に殺されたんだと思った。彼が自分の思い通りにならないから」

思い通りにならない相手を、川に連れ出して橋から突き飛ばす方が、難しいのではないだろうか？　そう思ったけど口には出さなかった。彼女を激昂させたくなかったからだ。

「どう？　これで自分が殺人犯かもしれないってわかったでしょ？」

「否定はしないわ……でも、だったら貴方は勇気があるのね。殺人犯と一緒にパフェをつつくなんてね、オデコちゃん」

「な、何よ。この期に及んでまだ馬鹿にするつもり⁉」

額をさっと押さえて、千晶が顔を真っ赤にした。

「馬鹿になんてしてないわ。むしろ赤ちゃんみたいでとっても可愛いもの」

『わたし』というベールを一枚一枚はぎ取る度に、『わたし』がわからなくなる。もしかしたら彼女の言う通りかもしれないけれど、それでも今日の警戒心を薄めた彼女の姿に、彼女自身も本当は、私の無実を想ってくれているのではと感じる。

「貴方のこと、父はそう呼んでいるの。『わたし』、父には貴方を一番の友達だって言っていたみたい」

「友達？　奴隷の間違いでしょ！」

むっとしたように、また千晶はグレープフルーツを口に放り込む。

「謝罪しても、許してくれそうにないわね」

「当たり前でしょ」

またツンツンとトゲを張り巡らせた千晶。丁度スマホにシロから『まーだ？』とメッセージが入ったので、店を出ることにした。

パフェの代金半分をテーブルに置くと、千晶はまっすぐ私の目を見た。

「これからどうするの？」

「シロ達と約束してるの……近くのカラオケ。せめて三十分くらいはつきあわなきゃ」

「そうじゃない。遠子じゃなくなった今、これからの事」

そんな事はわからない。少なくとも今の私に、過去を振り返る以外の未来はない。

「それを決める為にも、私は二人の死んだ理由が知りたいの」

「でも、新しい矢作遠子は生きてるじゃない」

「いいえ。『わたし』はもう死んだの。これは抜け殻か、仮の宿だと思う。二人の魂を救済するための」

千晶にとって、この答えはベストアンサーではなかったみたいだ。彼女はどこか寂しそうに視線を落とした。

「……じゃあもし、他にも知りたいことがあったら、メールして。RumingのDMでもいいから」

自分のスマホに興味を移したフリをして千晶が言った。何気なさを装っていたけれど、その声の震えに気がついた。彼女なりに勇気を振り絞った言葉なのだとわかった。

「Ruming……そうだ！　ねえ、千晶。私のよく使ってたパスワードとか、知らない？」

はあ？　と呆れた声が返ってきた。

「遠子の考えることなんて、私にわかる筈ないでしょ」

そりゃそうか、そう簡単に、他人にパスワードを教えるとは思えない。

「……あ、待って」

諦めて個室から出ようとすると、千晶がぱっとウェストを摑んできた。

「Rumingはね、匿名でメッセージをやりとりする事が出来るのわかるよね？　スマホ内に登録されているアドレスと同期してね。グループの公開設定にもよるけど、友人か、その友人のメッセージまで見ることが出来る」

「ええ。そのRumingのパスワードが知りたいの。どうやら特定のやりとりや、ブログにパスワードで鍵が掛けられていて」

「もしもわたしがいなくなったら、オリオン座を辿って」

「え？」

歌うようなフレーズだった。

「オリオン座を……辿る？」

「そう。遠子が自殺した日の放課後に、匿名でそんなメッセージが残されてたの。時間的には、多分遠子が飛び込む一～二時間前だと思う」

慌てて席に座り直し、『わたし』の日記にアクセスし、パスワードにOrionと打ち込む。

「どう？」

スプーンを銜え、一応平静を装いながらも、千晶は興味津々にスマホをのぞき込んできた。

「ダメだわ……残念。違うみたい」

パスワードはヒットしなかった。『わたし』の記憶の鍵は閉ざされたままだ。

「そっか。遠子、子供の頃から星座が好きだって聞いてたから、てっきり遠子かと思ったのに。私がわかるのはそのくらいかな」

ふーっと深く息を吐いて、椅子の背にもたれかかり、彼女は「また何か思い出したら連絡するわ」と言った。その自然な口調に、彼女と親しかった頃の時間を垣間見た気がした。

「今日はありがとう」

「言ったでしょ、私、遠子の言うことは信じないんだから、お礼を言ってくれたって意味ないのよ」

フン、とまた可愛げ無く千晶が言って、私をしっしと手で追いやった。

「……カラオケ、一緒に行く？」

「冗談でしょ？　クラスの底辺なんかとつるんだら、私まで底辺に逆戻りしちゃうじゃない。支配されないためには、支配するしかない。せっかく遠子を見習って、意地悪なクラスの女王様になったんだから。……第一、二人が喜ばない」

だから、さっさと行けばいい。そう言って千晶はスマホの画面をのぞき込みながら、再びパフェを食べはじめた。一瞬だけ、席を離れる私の事を寂しそうに見たのは、私の気のせいだろうか。


ほんの二曲だけ歌を歌い、家に帰ると相変わらず母は暗かった。ある意味平常運行だ。

夕食はカボチャと鮭のドリアに、枝豆ととうきびのかきあげ。和洋折衷だったけれど、ドリアの溶けたチーズのカリカリと、かき揚げのサク、プチ、プリッとした、独特の食感は蠱惑的だ。

「いただきます」

手を合わせて食べ始めると、母も席について夕食を取り始めた。普段、母は父を待つことが多いのだ。

「じゃあ……今日もお父さん遅いのね」

その質問には答えてもらえなかった。

「猫舌は治ったのね」

代わりに母は、熱々のかき揚げをはふはふと食べるのを見て、不思議そうに言った。

「温かい方がサクサクしてるから」

「……まだ、味はよくわからないの？」

「ええ、でも香りは楽しめるし、それにお母さんは食感も考えてくれるから。だから多分、お母さんが思っているよりは、食事を楽しんでいると思う」

死なない程度に食べれたらいい、そう思う私が、それでも食事が厭わしくならないのは、確かに母のお陰だと思う。

「そうだったらいいけれど」

感謝を伝えたつもりだったけれど、逆に母は物憂げに俯いてしまった。

今日は何を言っても母の機嫌を損なうだけだ。雲行きの怪しさを感じて、さっさと自分の部屋に引っ込む。

なんだかんだで、ここ数日は一気に色々なことがあった。結局、答えは遠のくばかりだけれど、体が酷く疲れている気がする。そうだ、週末日帰りでいいから温泉に行かないか、母に言ってみよう。

とろり琥珀色した魅惑のモール温泉は、疲労回復効果に加え、肌もすべすべになる。それに十勝川温泉の方は星空がいっとう綺麗だ。父さんと昔、流星群を見に行ったこともある。

そんな事を考えながら、ぼすん、とベッドに横になった。ガチャガチャした部屋は嫌だったけれど、天井の星は剝がさなくても良かったかも……と、残した北斗七星とオリオン座を見上げた。どうして『わたし』は星が好きだったんだろう。

「オリオン座を辿って、か」

伊勢エビみたいな形のオリオン座。

肩には赤いベテルギウス。バイエル符号αという、一等星に数えられているけれど、実際はゆっくりと明るくなったり暗くなったりするので、いつでも煌々（こうこう）と輝くわけじゃない。それでも『わたし』は、この星が好きだったんだろう。一番大きな星のシールが貼られている。

星として、終末の時期を迎えたベテルギウスは、いつ爆発してもおかしくない。本当は既に爆発していると唱える人もいる。私達が見ているのは、六百四十光年彼方の光。

「不思議ね。一番明るく輝く筈なのに、暗くなったり……しかも本当は、消えてしまった星の光かもしれないなんて。ベテルギウスは嘘つきね」

枕元に一つだけ置いておいた、くたくたのクマに話しかける。仰向けになってクマを両手で抱き上げると、クマの頭のすぐ上で、シールのベテルギウスが白く、黄色く、輝くのを待っていた。

「……ベテルギウス？」

――オリオン座を辿って。

がばっとベッドから飛び起きて、スマホをひっつかむ。

真っ白なスマホ。立ち上げるとパスワードが要求された。

b-e-t-e-l-g-e-u-s-e――ベテルギウス。

「違う……」

けれど残念ながら、それではロックは解除できなかった。あと二回失敗すると、データが消えると警告された。チャンスは残り二回。

思わず頭を抱えた。でもまだ試していないものがある。デコられた方のスマホ。

Ruming を立ち上げて、閉ざされたブログにアクセスした。

「あ……」

同じパスワードを入力すると、それまでの頑なさが嘘のように、あっさりと画面が開いた。

『わたし』の日記。

いきなり死の直前の日記を見るのが怖くて、ひとまず三ヶ月前の日記を開く。

『死ね　死ね　死ね　みんな死ね　死ね　死ね　死ね』

真っ赤な文字が、唐突に目に飛び込んできた。

「……何これ」

『むかつく　死ね　汚い　キモい　殺す』

翌日の日付の日記の内容も、そんな強くて、汚い言葉だけが、真っ赤な文字で記されていた。

追いかければ追いかけるほど、見えなくなってきた『わたし』。狡猾で、意地悪で、とびっきり性格の悪い『わたし』の中には、こんなにもぎっしりと、悪意だけが押し込まれていたのか。

思わず、確かめるように自分の心臓を、肋骨の上から掌で押さえる。矢作遠子の心の中に詰まっていたものの正体に触れたくて。

『キモい　アイツ殺せばよかった　クズ』

見るに堪えない言葉達。幸いもう少しちゃんとした内容の日記もちらほらあった。千晶と遊びに行ったとか、そういった他愛ない内容だ。だけどほとんどが、目を背けたくなるほど明確で、はっきりと強烈な悪意の発露だった。

真っ赤な文字は、狂気と、強い怒りを感じる。『死ね』という、単純な二文字の重さは計り知れない。これ以上は見ていられないとスマホを閉じて——そこで不意に気がついた。

「ああ……そうか」

矢作遠子はブリキの木こり、心を持たない金属のカタマリ。嘘つき遠子。可愛い顔で嘯(うそぶ)いては、人を操る女王様。家では良い子のフリ。ママの自慢のお人形。

『わたし』は、誰にも本当の気持ちが言えなかった。

怒りのカタマリ——それは弱さのカタマリ。

自分の中に抱えきれないモノを、遠子はここに棄てていた。

本当は不器用で、孤独な女王様。母と同じだ、『わたし』も、独りだった。

楽しかった中学校生活は、父の逮捕で奪われた。あの時のことは覚えている。家の前には、父さんとその家族を悪だと暴こうとする人達が、カメラを持って押しかけた。

守ってくれる人もいたから、実際は用意されたホテルのテレビで、それを見ただけだったけれど。

叔父さんは人を傷つけたわけじゃないから、そんなに気にしないでいいと言った。政治家の汚職の尻ぬぐい。優しい父は、他人の罪を被っているだけなんだって。

その後の生活のことは、ちゃんと面倒見てもらえる約束だった。実際、父は新しい仕事を得て、私達は隣の町に引っ越して、新しい生活を始められた。

でも、それまでの暮らしを、友達を棄てて行くことは辛かった。それに学校を変えても、みんな『わたし』が犯罪者の娘だって知っていた。強くならなきゃいけなかった。

そうだ。支配されないためには、支配するしかない。

明日のために、今日の痛みはここに置いていく。ぬけぬけと生きるために。

強い言葉の安易な羅列は、『わたし』の悲鳴。弱さの印。嘆きの証。『わたし』は日常に厭いていた。それが、やっぱり自殺の理由なのだろうか。

ベッドに寝転んで、辛抱強くひとつひとつ言葉を追った。『わたし』は肝心なことをあまり言葉に残していない。誰がとか、何がとか、具体的な部分をほとんど書き残してくれていないので、詳細までは知ることが出来ない。

本当にここに吐き捨てていったという感じだ。文章ではなく、言葉、ただ『感情を置いて』いた日記に、物語が見え始めたのは、『わたし』が自殺する一ヶ月ほど前の事だ。

怒りや憎しみの中に『どうして』や『おねがい』とか、嘆き、祈るような文字が増え始めた。どんな変化があったかはわからない。学校の事については何も書かれていないから。

ただ、時折Rumingで出会ったらしい、『あの子』の話題が上がるようになった。

名前はわからない、匿名の誰か。ただ、一つだけ確かなのは、自分か、友達の電話帳に登録されている誰かという事だ。どんな会話が交わされていたのかまでは、詳しくはわからない。

お互いに誰かわからないという安心感からか、一対一で随分と突っ込んだ話もしていたようだった。

ここは『わたし』にとって、言えないことを言える場所。

『好きでもない人に、体を売るのはどんな気持ちだろう。自分を商品にするってすごい』

そんな率直な言葉が綴られていた。

『あの子』はどうやら援助交際をしているらしい。年上の人に、体を売ってお金に換えている。そんな『あの子』を『わたし』はどうやら軽蔑したり、疎(うと)んだりするのではなく、純粋に驚きと興味で会話しているようだった。

思うようにならない自分の毎日。『わたし』は『あの子』に憧れすら抱いているようにも感じる。

それ以外に、特別何か大きな変化はなかった。当たり前のように何かを呪ったりしながら、一日、一日が過ぎて行く。淡々と、だけど確実に熟して弾ける日が迫っている。

『千晶は志信君が好き』

ある日、唐突にメモのようにそれだけが書き記されていた。

翌日の日記は酷かった。まさに嵐だ。告白したのに断られた上に、人前で辱められたのだから、自尊心の強い『わたし』にとって耐えがたい事だったのだろう。

その翌日と、荒れた日記が二日続いて、そして三日目。

『あの子に会った
志信だった』

「……あの子が、志信？」

それだけ書かれた日記に戸惑った。志信が『あの子』だったというのだろうか？　それとも別の誰かのことなのか？　だけど志信が金銭的に恵まれていないことは、花子さんが言っていた。

援助交際なんて、てっきり女の子がするものだと思っていたのに。でも女だって人間だ。人によってはお金で男性を買う人もいるだろう。柔和な物腰と優しい顔立ちの志信なら、同級生だけでなく、もっと年上にも人気があったに違いない。

『志信は変だ。でも楽しい。
二人で星を見た。
私たちは見えない星だ』

そう記された後、あれだけ毎日苦しみを綴っていた『わたし』の日記の更新がぴたりとやんだ。それがどういう事か想像するのは容易い。

『わたし』はやっと、日記以外に気持ちを、なかでももっと柔らかくてもろい部分を、吐き出す相手を見つけたのだ。

二人がつきあっていたことは知らないとみんな言っているから、きっと隠れて会っていたんだろう。男女の関係だったかどうかは、結局この日記からは読み取れなかった。

そして一週間ほど更新が途絶えた後、久しぶりの書き込み。

『大人は汚い、私が志信なら殺してる』

「…………」

自殺する二週間ほど前だ。大会の不正。笠井さんの暴言。宇津瀬君は『わたし』にその苦しみを打ち明けたのだろうか。久しぶりに荒れた文章の中には、『ジジイが裏切るなんて』と、激しい怒りが文字から溢れていた。

そして何も記載の無いまま数日。自殺の十日前の書き込み。

『志信は死にたがってる
形見だってぬいぐるみをくれた
ばかみたい
私も死にたい』

「ぬいぐるみ?」

慌ててクローゼットに走り、ぬいぐるみを放り込んでいたカゴをひっくり返す。どさどさと転がるクマの下敷きになった、白い体に青い線が入った、飛行機のぬいぐるみを見つけ出した。ちいさい子供向けアニメの、まるくデフォルメされて顔のついたぬいぐるみだ。

棄ててしまわないで良かった。ぬいぐるみを手に、クローゼットに寄りかかるようにして、日記の続きを追いかける。

『志信が賭けをしようと言い出した
七日後、
雨だったら生きる、
晴れだったら死ぬ、
きたない大人になる前に』

それから六日間書き込みがなかった。

ネットで調べると、とうとう訪れた一週間後の天気は雨だった。

自殺の三日前。

日記にはただ『空は、わたしたちに　生きろって言っている』と書かれていた。そしてその翌日の日記には、久しぶりに千晶と話せたことや、母さんと買物に出かけたこと、買ったばかりのサンダルがやっぱりキツくて、足が痛かったこと……とりとめない、穏やかな日常が綴られていた。数少ない日記らしい日記だと思った。

そして、それが最後だった。

「そんな……これで、終わり？」

そして書きかけで残された『あした　はれたら　死のう』につながるのだ。たった一日で、いったい何が『わたし』の決心を変えたのだろう。

そして、やっぱり彼を死に誘ったのは『わたし』だったんだろうか？

必死に他にないか探したけれど、ＳＮＳのメッセージ関係はすべて消去されていて、これ以上追いかけられなかった。

だけどはっきりと、『わたし』と宇津瀬君がつながったのがわかった。でも二日だ。たった二日だ。どうして生きようと思った二日後に、『わたし』は死を選んだんだろう。

残るピースは一つだけ、この誰の物かわからないスマホだ。それでも、私は答えに近づいている。このパスワードさえはっきりすれば、何かきっとわかる筈だ。

チャンスはあと二回。二回間違えたら、答えは永遠に喪われてしまうだろう。でももう、思いつくことは全部やった。後は、調べてないとすれば、宇津瀬君の家だ。

やっぱり思う。このスマホは、本当は彼の物なんじゃないかと。彼が花子さんに内緒で契約していたのかもしれない。もし宇津瀬君が『あの子』なら、自由になるお金がいくらかはあった筈だ。

だけど、どうやって彼の部屋に行こう。もう花子さんは私を部屋に入れてくれないだろう。忍び込むしかないだろうか？　花子さんの仕事中に？　真実を知るためなら、本当に何でも出来る？　明確に罪を犯しても？

「…………」

正直に言えば、罪を犯す事に対してはそう不安はなかった。何かを盗むつもりじゃない。誰かを傷つけるつもりでもない。だけど、結果的にまた花子さんを傷つけることになるのは嫌だ。

「せめて、夢の中でいいから教えてよ」

飛行機のぬいぐるみにそう言って揺すったけれど、その夜の夢は結局いつも通り、冷たい濁流が私を飲み込んだ。

翌朝、挨拶よりも先に、つっかとシロに頭を下げた。

「え？　志信君の家に？」

「ええ、調べてきて欲しいの！」

花子さんに拒絶されてしまった今、やっぱり私が宇津瀬君の家を訪ねることは出来ない。だったら、面の割れていない月貴香やシロにお願いするしかない。

「お願い！」

両手を合わせて懇願する。

「…………」

朝一番の私のお願いに、つっか達は困惑の色を隠さずに、お互いに目を見合わせていた。

「遠子のお願いは、そりゃ聞きたいけど……でもそれはさすがに……」

と、つっか。

「調べるっていうのは、ちょっと。知らない人には、簡単に部屋を見せてくれないと思うし……突然訪ねて来て、部屋の中を探したいって人から、目を離すかな?」

意外に冷静にシロが言ったので、つっかも「そう思う」と同調する。

貸していた本を探したいとか、なんとか方法はないだろうか?

「私が行く」

不意に背後から声を掛けられた。

振り向くと、可愛いオデコがあった。

「千晶ちゃん……」

びっくりしたように、つっかが目をまん丸くさせる。シロはいじめっ子の出現に、反射的に私の背中に隠れた。

「本当に?」

思わぬ申し出だった。思わず確認すると、千晶は不機嫌そうに顔を歪める。

「だって私だったら花子さんと面識あるし、上手く言えば部屋を見せてもらえると思う。つっか達じゃ無理でしょ」

千晶が二人をちらりと一瞥する。つっか達は心配そうだったけれど、私は逆に頼もしかった。

「ありがとう」

「その代わり、遠子も一緒に行くのよ」

　ほっとしたのもつかの間、千晶が言った。

「私？　え、でも……」

「ちゃんと説明しなさいよ。じゃないと勝手に家捜しなんて出来ないし……やっぱり志信君のお母さんにも本当のことを話して、きちんと謝った方がいい。じゃないとお母さん、まるで遠子にからかわれたり、嫌がらせされてたみたいじゃない」

　確かに彼女の言うとおりだ。悪意がなかったことだけは理解して貰いたい。許しは得られなくても。でも、『わたし』の事を話すのは……。

「遠子は、確信があるんじゃないの？」そんな声に背中を押され、結局放課後、千晶と宇津瀬君のアパートに向かった。当然、花子さんはドアを開けて私を見るなり「帰って！」と言った。

　当たり前の反応だ。だけど千晶は、閉められかけたドアにさっと足を挟み、花子さんに話だけでも聞いて欲しいと食い下がった。

「ほら！　遠子もちゃんと話しなさいよ！」

　ほとんど叱られるように背中を押される。

「花子さん……信じてもらえないかもしれないけれど、私……」

宇津瀬君の家の青いスチールドアは、日陰のせいか、夏の気温でも頬を寄せるとひんやりしていた。年季の入ったドアには小さなへこみと、黒く何かが擦れた跡がある。もしかしたら、宇津瀬君がつけた傷かもしれない。そんな事を不意に思いながら、花子さんに『わたし』の事を話した。記憶が無いこと、夢を見ること、私の中に彼を感じる事。さすがに彼がしていたかもしれない『バイト』の事は話さなかったけれど。でも偶然匿名SNSで知り合って、仲が良くなった事は話した。

私達は確かに心を通わせていた。多分、恋愛とは違う、もっともっと深い部分で。彼の魂のぬくもりは、まだ私の中に残っている。

「そんな事、信じられる訳ないでしょう……?」

やがて、それでもドア越しに話を聞いてくれていた花子さんが、泣きそうな声で言った。

「でも本当なんです。だから……お願いです。少しでいいんです。少しだけ、彼の部屋に入らせてください。何か、二人の痕跡を見つけさせて欲しいんです！　お礼が必要なら、どんな事だってします！」

「私からもどうかお願いします。酷いことをしている自覚はあるんです。けして軽い気持ちで言っている訳じゃありません」

ドアに手を掛けて、千晶も改めて一緒に花子さんに許しを請うてくれた。

「……だからって、そんなこと言われて『どうぞ』なんて言えないわ」

花子さんが深くため息をついた。

「これから買物に行かなきゃいけないから、戻ってくる前にいなくなっていて」

花子さんは私と目を合わせずに家を出た。宇津瀬君の遺骨の前には、まだ私の買ったヒマワリが飾ってある。

「ごめんなさい、少しだけ調べさせて」

遺影に向かって話しかけると、幾分しおれかけていた花びらが、ひらりと一枚落ちた。

アパートは2ＬＤＫ。向かって右側が宇津瀬君の部屋だ。

宇津瀬君の部屋のドアを開けて呆然とした。

「……この部屋」

「綺麗な部屋。すごい……自分でリフォームしたみたい……どうしたの？」

立ちすくむ私に気がついて、千晶が怪訝そうに振り返る。

「いいえ……ただこの部屋のイメージが、ずっと頭に残ってたの。この部屋を作りたいって思ってた。雑誌か何かで見たのかと思ってたけど……宇津瀬君の部屋だったんだ」

くすんだ濃い木目の床板、白と濃い茶を基調にした、落ち着いたトーンのシンプルな部屋。

「すごいね、壁もこれ、自分で板を貼ってるのよ。ほら、賃貸でも下にしっかりマスキングテープを貼れば、建物を痛めないで自分の好みの壁に出来るの……時間もお金もかかってるみたい」

「高い？　そうなの？」

「うん。私も色々作るのが好きだし、岩崎はＤＩＹ関係のブログやってて、アフィリエイトでお小遣い稼いでんの。だからわかるけど、単純にやっぱりこういう木材は高いよ。しかも安いＳＰＦ材じゃないみたい」

「少なくとも一～二万とか、そういうレベルのＤＩＹじゃないよ」と続けて、千晶は宇津瀬君の部屋を見回した。彼女の言うとおり、木目の綺麗な板には高級感があるし、高校生男子の部屋というよりは、モデルルームの一室のようだ。

優勝を譲ったお金が資金源なのだろうか。死のうとしていたのに、部屋をリフォームしたのだろうか？　なんの為に？　それとも、それよりもっと前から、この部屋はつくられたのだろうか。

「……お母さん、片付けちゃったのかな？　荷物とか」

同じ事を感じたのか、千晶が首をひねった。

「ううん。花子さん、そのままにしてるって言っていた気がする」

「ふうん」

　クローゼットには、きちんと整えられた衣類。本棚には競技紙飛行機関連の本の他、教科書や辞書、そしてぽつんと星座の図鑑があったが、小説や漫画、雑誌のたぐいはない。

　ゲーム機や、娯楽要素のある物も何一つ無かった。

「男の子の部屋って、こんなに何もないものなのかしら」

「わかんない。私だって妹しかいないし」

　引き出しを開けると、唯一そこだけが彼の個性のように、文房具や厚紙などが詰まっていた。おそらく紙飛行機を作るための物だろう。

「彼らしさを感じるのは……この紙飛行機だけね。あとこのサボテン」

　ぽってりとしたサボテン。神竜玉と札の立てられた、鋭い有刺鉄線のような赤いトゲをまとったサボテンの隣に、あの、夢の中で何度も見た紙飛行機が飾られていた。頭の中のイメージと、この部屋がまぼろしのように重なって見える。これは宇津瀬君の記憶だろうか。

　どうしてか、そうしなければならない気がして、ぬいぐるみをかばんから取り出した、彼が形見にとくれた飛行機のぬいぐるみだ。紙飛行機とサボテンの間に置いて、まるで私まで拒むようなサボテンにそっと手を伸ばすと、そのトゲはまぼろしではない証拠に、指先を浅く抉(えぐ)った。

「痛っ」

咄嗟に痛みに手を引くと、振動で転がったぬいぐるみが、そのまま紙飛行機にぶつかって、白い翼を床に落とした。

「何やってるの？　ほんと遠子はへんなとこで天然なんだから！」

大事な、翼の先の丸い紙飛行機。白い羽根が歪んで外れてしまった。

「っていうか、遠子、私こんなの直せないわよ」

飛行機を見下ろして、千晶が困ったように言ったので、慌てて拾おうとしゃがみ込んで、勢い余って背中で棚をドン、と押してしまう。

「あたっ」

更にぬいぐるみが落ちてきて、わたしの頭にごちん、と当たる。

咄嗟に落ちそうなサボテンを、千晶が押さえた。幸いトゲには触らなかった様子で、私の頭に落ちないで済んだことに、はーっと安堵の息を吐いていた。

「もーお！　ほんと何やってんの！」

仕舞に千晶はけらけらと笑った。かわいらしい笑顔……そのまま千晶の笑顔を眺めていたかったけれど、別のことが気になっていた。

「……何？」

「ううん。ただこのぬいぐるみ……今、床に落ちて変な音がしなかった？」

「さあ？」

私の頭にぶつかった時もだ。ぬいぐるみが頭に当たっただけで、こんなに痛いだろうか？　首をひねりながら、紙飛行機の上に転がったぬいぐるみを手に取る。その下の、N228と書かれた文字が目に入る。

「……N228？」

ロッカーと同じ番号なのは偶然だろうか？　紙飛行機を拾い上げ、文字をよく見ると、それは機体にプリントされた番号のようだ。宇津瀬君の本棚から、紙飛行機の本を引っ張り出す。

型紙の載った本が何冊も出ているらしい。一冊一冊開いて、機体番号を確認する。

やがて一冊の本の中にそれを見つけた。いつかの大会の優勝機らしい。

「あった……N228」

「ねえ、偶然だと思う？　私、川に飛び込む前に、長野屋のロッカーに、鞄とスマホを二台預けてたの。その番号が同じN228だった」

「もしかしたら、彼が好んでその番号を選んでいたのかも……ねえそれより、このぬいぐるみ、中に何か入ってるみたい」

私の頭に落ちてきた、飛行機のぬいぐるみを手の中でこねながら、千晶が言った。中の綿を動かすように胴の部分を手で押すと、硬い物に触るらしい。

「ちょ、ちょっと遠子！」

咄嗟にぬいぐるみを取り上げて、引き出しの手前にあったデザインカッターを手に取る。確かによく見ると、飛行機の脇腹に、改めて青い糸で縫い直したような痕跡がある。そこの糸をぷつん、ぷつんと切っていくと、飛行機の脇腹が開いて、白い綿に包(くる)まれるように、銀色のプレートが挟まっているのが見えた。

そっと取り出すと、それは金属製のカードだった。長辺五cmほどの長方形で、何よりも驚いたのが、そこにもN228と刻印されていることだった。

「電子キーみたいね。でも長野屋にこんなロッカーないよ」

「そもそもこんな鍵のロッカーって、帯広にあるかしら？」

考えられるのは、家だとか、そういうもっと本格的な鍵だ。

「とりあえず、長野屋に確認してみるね。あとロッカーなら駅とかかな」

千晶がてきぱきとスマホを手にする。

「私は鍵のメーカーを探してみる」

カードキー、ステンレス等と入力して、ネットで検索をかけると、幸い該当するとおぼしき会社のＨＰがあっさりと見つかった。残念ながらＨＰではまったく同じタイプの鍵の画像は見つけられなかったが、ダメ元で電話をしてみることにした。

『ロッカーの鍵としては、使われていないと思いますね』

電話の応対をしてくれた人は、怪訝そうに言った。ロッカーなら、パソコンで書き換え可能な紙やプラスティックタイプのカードキーが主流らしい。

大切な人の遺品の中から見つかったというと、電話先の男性は『それは突き止めたいですね』と親身になって考えてくれたようだ。

『ただそれは……主に店舗や住宅などの鍵に多いですね。どこかにアパートを借りられていたのではないでしょうか？　もしくは……そうだ、ロッカーではなく、トランクルームなのでは？』

「トランクルーム？」

『はい。貸倉庫ですね。最近は空いた土地の活用などで増えてきています。帯広にも何社かあると思います。そちらを探してみたらいかがでしょうか？』

残念ながら、電話した会社が契約した会社は帯広ではないそうだが、彼は親切にもそう勧めてくれて電話を切った。

千晶の方でも特にそれらしい情報は得られなかったらしい。男性の言葉を信じて、今度は市内のトランクルームを探した。スマイルコンテナ、白樺レンタル倉庫、松本ホームアシスト、北園レンタルトランク、フクヤマトランクルーム……残念ながら頭文字が

Nで始まる所は見つからなかった。

「もしかしたら市外なのかも。音更とか幕別とか……もしかしたらもっと遠い、札幌とか旭川とか」

「そんな遠くに？　志信君、行動範囲そんなに広いわけ？」

音更や幕別ならともかく、もっと遠い街になってくると見つけ出すのは大変だ。時計を見たら既にこの部屋に一時間以上滞在している。花子さんと顔を合わせるのは申し訳ないので、一度部屋を出ることにした。

「どうする？　どっか場所を変えて、捜索範囲を広げてみよっか。それこそカラオケとか。ルーム料金学割利くし、フリーのWi-Fiも飛んでたはず」

千晶はそれでも、トランクルームを探してくれるつもりのようだった。

「そうね……」

返事をしかけて、思わず思考が停止した。

「どうしたの？」

千晶の問いに、目に入った看板の文字を指差す。

「何？　コーポ北村がどうかした？」

「ううん。その裏側」

「裏？」

丁度彼女の立った場所からは見えなかったらしい。看板の裏側が見えるように回り込んだ千晶があっと声を上げる。

「Corpo North village……」

コーポ北村。築年数を感じさせるアパートには仰々しい名前だと思ったけれど、まあ嘘は書いていない。北村で、ノースヴィレッジ。だけど気になったのはそのギャップじゃない。

「……北園レンタルトランク！」

千晶も私の言いたいことがわかったようで、私達は顔を見合わせた。

「あったわ……しかも確かこの近く。柏林台よ」

スマホのＧＰＳに入力すると、歩いて八分と表示された。行かない理由は見つからない。

天気予報は明日まで晴れだという。近づいてきた台風が、北海道に上陸しないまでも、週末はかなりまとまった雨を降らせるだろうと、朝のニュースで言っていた。日は傾き始めたけれど、動き回れるのは明日までだ。週をまたぐ前に、私達は少しでも宇津瀬君に近づきたかった。

きゅっと引き締めた表情で隣を歩く千晶が、解けた靴紐を結んで少し遅れた私に、ほとんど無意識のように手を伸ばしてきた。私もあまり考えずにその手を取って――手をつないで並んで歩き出して、そこで初めてお互いにおかしいことに気がついた。

離せば良かっただろうか？　だけどお互い手を離すタイミングが思いつかなくて、そのまま、手をつないだまま信号三つ分を歩いた。千晶の手は温かくて、指は私よりほっそりしていて、小さい。彼女は手も可愛い。

「あそこ。あの学童保育の向こうみたい」

やがて、北園レンタルトランクの看板を見つけたのに乗じて、千晶は手を離してしまった。ほっとしたような、けれど残念なような、そんな複雑な気持ちが、表情に表れたのだろうか。千晶はそっぽを向いた。

「別に、これは遠子の為じゃなくて、志信君のためだから」

「……わかってるわ」

そうだ。そんな事はわかってる。もう私達は友達じゃない。

『北斗七星』という看板の下がった学童保育所を通り過ぎようとすると、子供達が二人、丁度中から出てきた。小学校中学年くらいだろうか？　サッカーボールを持って裏庭に向かうらしい。本も遊具も全然ない……と悪態をついていた。

ここは宇津瀬君の家からも遠くない。彼も子供の頃、ここに通っていたんだろうかと思うと、少年達の後ろ姿に、宇津瀬君が重なって見えた気がした。

「遠子、行くよ」

「ええ。わかってる」

　また、つい足を止めていた私を千晶が促す。彼女はすぐに貸倉庫に行きたいようだった。でも、私は内心複雑だった。本当に彼女を連れて来て良かったんだろうか。

　やがて北園レンタルトランクに着いた。コンテナタイプなのかと思ったら、どうやら室内型らしい。ロッカータイプから、四・六畳の大きな部屋、バイクや自転車用という部屋もある。カードキーを手にフロアを行くと、二階に『N228』のトランクルームがあった。

　どうやら一・二畳タイプのルームらしい。鍵はカードキーを押し込んだ状態で、ドアレバーを動かすタイプだ。

「この鍵で大丈夫みたいね」

　驚きと興奮に、千晶が震えた声で言う。

　そっとカードキーを差し込むと、かちり、と確かに何かにはまった音がする。深呼吸を一つしてから、ゆっくりとドアレバーを下げた。

　小さな音を立ててドアが開いた。そっと引くと……そこには私の背丈分まで、衣装ケースが積み上げられていた。

「こ……これ、何？」

　千晶が困惑したように声を上げる。

「宇津瀬君の持ち物よ」

彼の部屋が、殺風景なのも無理はない。衣類、本、CD、ゲーム機……そんなものがぎっしりと詰まっていた。

「なんでこんな所に？」

「部屋には置いておけないから」

「どうして？」

「……いいたくない」

どう見ても、購入額は十五万円を越えると思った。履いた痕跡のない、ぴかぴかのスニーカーなんかも、箱のまましまわれている。資金源は……考えたくなかった。

「聞かない方がいい……特に、千晶は」

見ていられなくて、壁に背中を預けて額を押さえていると、千晶は憮然とした表情で首を横に振った。

「今更そんな事言うの？　独りでこの場所は見つけられなかったくせに」

図星と言えば図星だ。そもそも私一人で花子さんという関門はくぐり抜けられなかっただろう。

「だけど……」

「どんな事でも、ちゃんと受け止めるから話して」

愛があれば、どんな障碍でも乗り越えられるなんて、本当なんだろうか？　百年の恋も冷める一瞬はないのだろうか？　出来れば教えたくなかった。だけどどうやら、彼女は許してくれそうにない。

「……宇津瀬君、体を売っていたみたいなの」

「え？」

「援助交際……って、男の子でも言うのかな？　とにかく、そういう事で……お金を貰っていたみたいなの」

「嘘……」

ドアに寄りかかっていた千晶が、ずるずると崩れ落ちて、床に膝を突く。

「私も信じられなかった。ましてこんな帯広で、そんな事が出来るなんて。そういうのはもっと、ずっと都会の話だと思ったのに」

「……でも聞いたことあるよ。ＳＮＳで相手を探すんだって。そうして旅行で来る人とか、他の町の人と待ち合わせたり、あと場合によっては札幌とかまで行くって」

「三時間も掛けて？」

「交通費、相手持ちかもしれないでしょ？　もしくは、何人もに会えば、十分プラスになったんじゃないかな」

帯広はまだ仕事がある方だからいい。もっともっと田舎になると、働く場所がない。

だけど進学したいという真面目な子達が、仕方なくそういった行為に手を染める事もある……そんな風に千晶は言った。

「それに、先月十勝管内で、連続暴行犯も逮捕されてる。だから街の大きさじゃなくて、人間が一定数いると、そういう犯罪に触れる人が現れるんじゃないかな。働かない働き蟻と同じで」

けれどそこまで言って、彼女は深呼吸をした。昂ぶる気持ちを抑えるために。

「でも……そういう話は噂では聞くけど、実際にやってる人が身近にいるっていうのは、ちょっと信じられない。……志信君、お母さんに少しでも負担を掛けたくなかったんだろうね。他の方法、考えられなかったのかな」

そこまで言うと、千晶はぱちりと瞬きをした。その頬を、大粒の涙がこぼれ落ちた。

もう少し何か、彼につながる物はないだろうか。そう思って衣装ケースをいくつか動かすと、百均で売っているような青い、安っぽいビニールポーチが、隙間に隠されるようにしまわれているのに気がついた。

何気なく取り上げると、ずし、と重みがあった。

「……ちょ、ちょっと」

何気なく中の物を取り出した私を見て、千晶が後ずさる。とはいえ想像は難しくなかった。私が探していた物とは違ったけれど。

それは現金だった。大体が一万円札だ。ざっと数えて、百五十万円ほどあった。

「……どうするの？」

「どうにも出来ないわ、こんな大金、勝手に出来ないでしょう？」

ここに置いていくのも問題かもしれないが、かといって持ち出すのも躊躇われる。

「花子さんに渡したら？」

「なんて説明するの？　彼がバイトで貯めていたって？　方法や、隠していた理由を聞かれたら、上手く答えられる？」

「そうだけど……」

下手をすれば、更に花子さんは苦しむことになる。

現金のポーチには、例の飛行機のぬいぐるみと同じキャラクターが描かれた、小さなスケジュール帳が入っていた。ぺらぺらと繰ると、日付の後に数字の羅列——どうやら電話番号が書かれているようだ。その横にイニシャルとおぼしきアルファベット、そして更に一桁の数字。

その最後の数字が何を意味しているのかは考えたくなかった。それにそう大きな数字ではない事にも驚いた。これだけの物を買って、そしてこれだけのお金を作るために、彼はどれだけ自分の体を傷つけたのだろうか……。

「……もう、行こう。顔色が真っ青だよ」

そっと千晶が私の肩に触れた。こみ上げてきた吐き気を堪えている私に代わって、彼女は無表情で衣装ケースを片付け、ポーチを隠し、ドアを閉めた。

元はオフィスビルを改造した物件らしく、お手洗いがあったので、そこに駆け込んで嘔吐した。

千晶は辛抱強く付き添って、背中を撫でてくれたりしながら、自分もぼろぼろ泣いていた。多分彼女は失恋したんだと思う。

気がつけば、また門限が過ぎていた。母は激怒するだろう。だけど二人とも、すぐに動き出すことが出来なかった。

やがて、どちらからともなく北園レンタルトランクを後にして、駅へと歩き出した。夕焼けのグラデーションの中を、カラス達が家路を急ぐように次々に飛んでいく。私も帰らなきゃ。

「……私さ、志信君の事、全然知らなかった」

千晶が腫れぼったい目でぽつりと呟いた。

「仕方ないわ、私みたいに、自分のことだってわからない人もいるんだから」

自虐のつもりだったけれど、千晶は神妙な顔でこっちを向いた。

「遠子は、本当に志信君の事、好きじゃなかったの？」

「それは、男女の恋愛の事を言っているのよね。わからないけれど……やっぱりそういうんじゃないような気がする」

「でも遠子が自殺する前の日、みんなで恋バナをしていた時に、『私は好きな人のためならなんでもする。たとえ相手が私を嫌いでも』って言ったの……まあ、覚えてないよね」

「ええ」

ええ、残念ながら。頷くと、千晶は苦笑いした。

「ものすごい真剣な表情だったの。だから遠子が志信君を殺したんだって、私本気で思ってた……でも、もしそうだったら、志信君が遠子を嫌いだったら、遠子にこんな秘密を残していかないよね」

確かに、少なくとも彼に嫌われていた気はしない。実際に二人で星を見に行ったりしたのだ。もしかしたら机の中から見つけたプラネタリウムの半券の何枚かは、彼と行った時のものかもしれない。

「じゃあ……恋愛じゃなくても、遠子はやっぱり志信君を止めたかったのかもしれない……良かった。もしやっぱり遠子が悪いんだったら、絶対に許せないとこだった」

仲直りの印、とは言わなかった。けれど千晶がまたそっと、小さな手を差し伸べてきた。迷わずその手を取って、私達は微笑み合った。笑わなければ、彼女が泣いてしまいそうだったから。

「遠子、変わったね」

「そりゃあ……私は『わたし』がわからないんだもの」

答えると、ううん、と彼女は首を否定的に振った。

「そうじゃない、今の遠子が」

「今の？」

「そ。最初に今の遠子に会った日は、もっと怖かった。ロボットか何かみたいに。法律のこととかよく知ってたし、ガチで殺されるんじゃないかと思った」

手を引くように歩き出した千晶がぷっと吹き出す。

「シロが私はオズの魔法使いのブリキの木こりみたいだって言ってたけど、殺されるは言い過ぎよ」

ぶん、と握った手を大きく振って不満を訴えると、千晶は更にころころ声を上げて笑った。夕日の下で、彼女のまつげが輝いて見えた。

「法律のことはね、ほんとは中学校の時に調べたの。父さんの逮捕のせいで転校したでしょ？　もしその事で何か言われたら、絶対に言い負かしてやる覚悟で登校したの……でも幸い、披露する機会はなかったわ」

「そりゃあ、遠子だもの」

『わたし』なら、どんな状況でも支配する側にいるのだと、千晶が笑う。でもあの時はそれなりに大変だったと覚えている。結局宇津瀬君と同じで、私にも本当の友人なんかいなかった。

「でも今の遠子は、最初の頃の怖い遠子でも、意地悪遠子でもないみたい」

まぶしそうに千晶は目を細める。

「……病院では、人間の細胞は再生するから、諦めなくていいって言われたわ。完全に元通りは無理でも、改善はしていくだろうって。自分じゃわからないけれど、少しずつ脳も回復しているのかも」

まだ、食べ物の味はぼんやりしているし、必要だと感じて表情を作ることの方が多いけれど、でも確かにわき上がる感情はある。

「不思議ね。人の体は壊れても、元に戻ることだってあるのに、心は違うのね。一度壊れてしまった愛情は、もう同じ形には戻せない。割れたグラスに新しいミルクを注ぎ直しても、全部流れてしまうだけなんてね」

「そうね……そうかも」

家に帰れば、また母が烈火の如く猛り狂って、私を叱るだろう。愛されていたはずなのに、私と母の関係は、『わたし』が川に身を投げたせいで壊れてしまった。

「でも……壊れても、いつまでも熱いままだったら、新しく別の人を愛することが出来ないから」

泣きはらした千晶の中には、まだ宇津瀬君への愛情が残っているのだ。彼女の中の壊れた愛情は、まだしばらく熱を失わない。

宇津瀬君は、愛されている。お母さんにも、千晶にも。今でも。私の事を誰もが疎むのは、生き残ってしまったからなんだろうか。それとも、『わたし』の自業自得だろうか。

「ねえ。遠子はこの先、本当にどうするの？」

「……わからない」

咄嗟に俯いてしまった。その質問には、まだ答えられなかった。

「私、今の遠子なら好きよ。だけど前の貴方は怖かった。まるで私を飲み込もうとしているみたいだった。星も見えない暗闇みたいに、貴方の事がわからなかった」

駅が見えてきた。千晶はスマホで時間を確認して、急に険しい表情で二の腕を掴んできた。

「この事、志信君のお母さんには話さないでしょ」

「……話せないわ。きっとそれは、彼も望んでない」

「だったら、遠子もこれで終わりでいいんじゃない？　もうこれ以上……物事を無理に掘り起こしても良いことないんじゃないかと思う……何より、遠子のために」

「…………」

「お金のことも……私は何も見なかったから。遠子の好きにしちゃえばいい。彼の荷物も。遠子と志信君が一つになったなら、遠子が自由にする権利があるでしょう。そこから新しい遠子を始めたらいいと思う」

「でも……」

「だから、花子さんに明かせない彼の痕跡は、もう消してしまって！」

お願いだからと、いっそう強調して千晶は腕を強く摑み、懇願した。彼の暗闇の部分を無くして欲しいと、無かったことにして欲しいと。私のために、宇津瀬君の為に、花子さんの為に、そして千晶自身のために。

それだけ言い残して、千晶はホームに消えていった。

自分の乗る電車を待ちながら、両手で自分を抱いた。彼女の摑んだ腕の痛みが、感触が消えてしまわないように。


門限には間に合わなかった。母は帰宅した私を見るなり、また大きな声で叱り散らした。

頭を低くして、母のお小言をやりすごしていたけれど、しまいにこんな事になんの意味があるのだろうと思った。

私がこれから生きていくために、自分の道を探すために、『わたし』や、宇津瀬君の事を調べる事の、いったい何がいけない事なのだろう。どうして母にこんな風に叱られなければいけないのだろうか。

ふつふつと、違和感がわき上がって、胸を満たしていった。冷たい汚泥のようにみっちりと。

ずっと、私はもう抜け殻で、二人を見つけなければ生きてはいけないと思ってた。

でも違うかもしれない。

私は、『わたし』ではなく私として、生きていってもいいのかもしれない。新しいミルクで、グラスをもう一度満たすように。私というグラスは、もしかしたらまだ割れていないのかもしれないって。

「聞いているの！　遠子！」

「もういい加減にして！　どうして生きようとしちゃいけないの⁉」

怒鳴られ、苛立つままにレースアップタイプのローファーを脱ぎ、靴箱のドアに投げつけた。

「遠子？」

突然爆発した感情に、母が玄関先で狼狽える。

「わかったわ。お母さんは本当は私をもう一度殺したいのね。守りたいのは『子供想いのいい母親』っていう評価だけでしょう？　だったら殺せば？　自殺されると体面が悪いって言うなら、貴方が首を絞めて殺したら？」

胸元のネクタイを解き、母に向かって突き出す。なぜだか目の前に居るはずの彼女の姿が遠く見えた。心の距離、そのままに。

「ほら！　自分で絞め殺して、そうして警察に言えばいい。娘が私の言うことを聞かなかったから仕方ないんだ。門限を守らなかった悪い娘は、殺されて当然なんだって！」

「なんですって⁉」

「大事なのは自分の事だけの癖に！」

呆然と立ち尽くす母を押しのけるようにして、階段を駆け上がった。酷く頭痛がする。階段の下で母がまだ叫んでいたけれど、ドアを閉めて無視をした。追いかけて向き合う気は母には無いのだと思い知る。

それでなくとも、今日は疲れていた。制服のまま、ベッドに倒れ込む。

ぼんやりと部屋を見回す。宇津瀬君の綺麗な部屋を思い出した。生活する場所を心地よく整えたいというのは、生きたいという本能的な事じゃないのだろうか。私も家に戻って、一番最初にしたことだ。

生きたいと思っていたはずの彼が、『わたし』を死に誘ったのは、大会の事だけが理由だとは思えない。人に言えない陰を持つ彼には、まだきっと死ななければならない訳があった筈だ。

だけど千晶の言葉が頭を過ぎった。ここで諦めて、なにもかも見ないふりをして、新しい私の生活を始めてもいいかもしれないと。

確かに私の中にはまだ、『わたし』と宇津瀬君の気配が濃厚に残っている。けれど彼らは亡霊のようなものだ。こんな風に母に責められてまで、探す意味が本当にあるのだろうか?

「……いいえ、駄目」

机の横の本棚に並ぶ、星座の図鑑。同じ本が宇津瀬君の部屋にあった事を思い出す。駄目だ。まだ駄目だ。起き上がって鞄に手を差し入れた。トランクルームから持ってきた、宇津瀬君のスケジュール帳を取り出す。

休日を中心に、予定が書き込まれていた。何をする、何をしたではなく、電話番号や時間……基本的にすべて数字だった。

「……さすがに一般回線は使わないのね」

電話番号と判断したのは、それが大体090や080から始まっていたからだ。帯広の市外局番0155や、札幌の011で始まる番号はない。

一応片っ端からネットで調べてみたけれど、どの番号も検索にはひっかからなかった。まるでどこの誰だかわからない。

数字を眺めていても仕方がない。覚悟を決めて、相手に直接電話をしてみる事にした。間違い電話を装って、まずは相手を探ってみよう。

自分のスマホから電話する事には躊躇いもあった。けれどもし都合の悪いことになれば、その時は電話番号を新しくすればいい。

新しい私になってから、数字に強くなった。電話番号ぐらいの桁なら暗記できる。初めに書いてあった十一桁をスマホに打ち込んでダイヤルした。

プッ、プッ、プッ……プルル……数回の呼び出し音の後、電話の主が低い声で『もしもし?』と言って電話に出た。

「あ……すみません、間違えました」

咄嗟に電話を切ってしまった。声の主は明らかに男性だったからだ。

間違えてしまったのだろうか?　確認したけれど、手帳の番号とダイヤルした番号は一致している。もしかしたら、手帳の方が書き間違えたのかもしれないし、所有者が変わったのかもしれない。

気を取り直して、続けて番号をダイヤルする。

「……どういう事?　お客の番号じゃないの?」

思わず独りごちた。なぜだかどの番号も、電話に出たのは女性ではなく男性だった。

「あの……最近変えられた番号ではありませんよね、ご自身のお電話ですか?」

五人目に電話を掛け、とうとうそう質問すると、電話の男性は『何年もずっとこの番号ですよ』と、間違い電話を装った私に苛立ちながら答えた。

スケジュール帳は今年度のものだ。だったら番号の主が、手帳に記録された宇津瀬君の『秘密の友達』という事になる。

いいえ、でもこの番号が、かならずしも彼の顧客とは限らない。

「……宇津瀬志信をご存じですか？」

躊躇いの中、そう電話の向こうに問いかける。

『………』

スマホ越し、確かに狼狽えたような息遣いが響いたかと思うと、プツっと電話が切れた。

「そんな……」

また心臓が激しく暴れた。

電話を受けた男性は、恐らく宇津瀬君を知っている。しかも、その事を隠さなければならないと思っている。

眩暈を覚えながら、スケジュール帳を睨んだ。ページを繰り、自分の憶測が誤りだと証明してくれる何かを探した。数字を指先で辿り――そして、一つの番号が何度も現れる事に気がついた。しかも気のせいだろうか。その数字には見覚えがある。

「『わたし』の知り合い……？」

確かに知っている番号だった。けれど誰の番号なのかは思い出せない。でも比較的最近使った番号だった気もする。ここで知り合いの番号を見つけたのだとしたら驚きだが、悩んでいても始まらない。

思い切って番号をタップする。ダイヤルしても、そのまま番号だけ表示されて呼び出し始めたという事は、少なくとも電話帳に入っている相手ではない。

じっと、相手が電話に出るのを待つ。その瞬間、奇妙な既視感を感じた。

『……はい』

知らない番号からの着信に、電話先の相手は怪訝そうに電話を取った。それでも取引相手の可能性もあると思ったのか、愛想のいい声ではあった。この前のように不機嫌ではない――ああ、そうだ、一昨日のような。

「二日前はお世話になりました。私、宇津瀬君の友人のチカです。貴方にもう一度お話を伺いたくてお電話しました……石川さん」

そうだ、思い出した。声を聞いて確信した。

『花子さんから番号を聞いたのか？』

「いいえ。宇津瀬君の遺したスケジュール帳の中に、貴方の電話番号がありました。何度も、何度も……日付をお伝えすれば、信じていただけますか？」

『スケジュール帳？　君はいったい何が言いたいんだい？』

石川の声が急に警戒心を増した。私がどこまで知っているか探っているのだ。

「単刀直入に言います。貴方が先日話せなかった方のお話を伺いたいんです。紙飛行機のことじゃない方の……これは恐らく貴方と私、二人きりでお話しした方がいいと思います……明日、少しだけお時間をいただきたいです」

『………』

石川は、私の一方的な提案にしばらく沈黙した後、やがて深い溜息を吐いた。

『わかった。明日の三時にオフィスに来てくれ』


放課後、まっすぐ彼のオフィスに向かった。住所は駅前で、バスで向かうとちょうどいつものカラオケが入っている、古いビルだった。階段の方に足を向けると、創立昭和三十三年の歴史を表すような、赤く錆びた古いプレートが壁に鈍く光っている。

古めかしい匂いのするエレベーターで、指定されたオフィスに向かうと、石川は一人で事務所にいた。飲食店数社の経営をしているにしては、随分質素なオフィスだ。

「本社は札幌なんだ」

私の視線に気がついたのか、彼はそう言いながら私にソファを勧め、珈琲を淹れてくれた。

「ミルクと砂糖は？」

「結構です」

味がわからないんだから必要はない。だけどそれ以上に、子供扱いされるのが嫌で澄まして答えた。

「一人でここに来ることに、躊躇いはなかったのか？　私は危険な相手かもしれない」

彼も珈琲はブラックらしい。向かい側に腰を下ろし、毒味のつもりか先に一口飲んで、試すように言う。

「……私は女なので」

負けじと顎を引き、彼を見据えるようにして答えると、彼の方が慌てて視線をそらせた。その仕草に、宇津瀬君の相手が、同性だった事を確信した。

「それにそこまでのリスクを冒すようには思えません。私は貴方にとって、得体の知れない存在ですから。どんな手段を用意しているかわからないでしょう？」

「そうだね。志信とは親しかったが……あの子の口から、『チカ』という名の友人の話など、聞いたことがなかった」

負けじと石川が、上唇に意地悪さを漂わせて、上目遣いに言った。

「そうでしょうね。それよりも、本題に入った方がよろしいかと」

これ以上腹を探り合っていても仕方がない。不愉快になる前にそう切り出すと、彼は一瞬不満そうに顔を顰めた。

「志信のことは、知っていることはすべて話した」

「すべてじゃありません」

「いったい何の話かな？」

　この期に及んで、彼はまだしらを切り通すつもりのようだ。仕方がない。覚悟を決めるように、深呼吸を一つした。

「私は、『チカ』ではありません。本当の名前は矢作遠子。彼と心中し、独り残った片割れです」

　はっとしたように、石川は私を見て言葉を失った。口元を覆いながらさまざまな表情を一瞬のうちに見せた。驚き、怒り、嫌悪——怒鳴って追い出されるかと思ったけれど、彼はかぶりをふって、俯いて「そうか」と呟いた。

「やっぱり……どこかで見たことがあったと思ったんだ。一応君がどんな子なのか、少し調べさせて貰ったんだよ」

「それで、何かわかりました？」

「君は今、記憶喪失だと」

「そうです。ここ数ヶ月分の記憶がありません。でも断片的に覚えています。宇津瀬君のことも」

「…………」

　彼はまたこちらを探るように見た。

「それだけじゃありません。私、体の中に彼の魂を感じるんです」

「志信の？」

「はい。彼は、私に心を残して逝ったんです。目を覚ましてからずっと、胸の中で何かがくすぶっているのに、この炎がなんなのかわからないんです。だから、ずっと調べて……色々な事を知りました。彼が……法に触れる事をしていたかもしれないというのも」

彼はコーヒーカップを、テーブルの上のソーサーに置いて、腕を組んだ。話の内容の真偽を測りかねているように、低い声で唸る。

「私は宇津瀬君の亡霊と同じなんです。このまま全部忘れたふりをして、新しい生活を始めてもいいかもしれないと考えもしました。だけど出来ないんです。宇津瀬君の魂はこのままじゃ飛べない。あの日の紙飛行機と同じ、翼が壊れたままなんです」

天国があるのかどうかはわからない。何かが本当に救われるのかどうかさえ。だけど抑えられない衝動を彼に訴えると、彼は険しい表情で私を睨んだ。

「……私を脅迫したいのか？　金銭目的なら、そういう話をしよう」

「お金の問題じゃないわ」

「…………」

咄嗟に言い返すと、また彼は言葉を失った。彼の焦りを顕すように、その額にぶわっと汗が浮く。彼はブランド柄のハンカチで額を押さえ、覚悟を決めるように宙を仰いだ。

「あの日、あの子も同じ事を言った」と呟いて。

あの日とはつまり、あの、大会の日の事だろうか。

「……あの子のためにも、他には明かさないと誓ってくれるか？　特に花子さんには」

「勿論そのつもりです」

頷くと、彼もうなずき返してきた。

「何かしなければという気持ちは私も同じなんだ。信じてもらえないかもしれないけれどね」

「だったら、私には本当のことを聞かせてください」

贖罪の為ではない。それだけじゃないと思ったけれど、言葉を飲み込む。今度は彼が話をする番だ。


石川が宇津瀬君と出会ったのは、札幌だという。一部では有名なナイトスポットだと彼は言った。婉曲な表現だった事もあって、具体的な想像の出来ない私に、彼は「わからなくていいよ」と苦笑いした。

「志信は『知り合い』に誘われて、札幌に来ていた。夜間で、未成年なので心配したよ。母親は仕事で家を空けているので、居なくてもバレないと言っていた」

朝も夜も、顔を合わせられない日はあったと、花子さんが言っていたことを思い出す。

それがあまりいいことではないと思ったのは、私だけでなく石川も同じだったようだ。

「そういう問題ではないと思ったが、説教が出来るような場所や、集まりじゃなくてね。だがどうしてもあの子の事が気になって、目を掛けるようになった」

飲食店を営む石川は、道産食材を積極的に扱っているので、直接産地に出向くことが少なくない。特に十勝・道東の食材を直接仕入れるため、もともと帯広はよく訪れていた。更に帯広での出店も考えていたこともあり、こちらに来る事も多く、来る度に宇津瀬君と会うようになった石川は、彼との仲を急速に深めていった。

「勿論、一番の理由は金が必要だったんだろうが、志信はこう言っていた。こういう事を教えてくれたのは……母親の恋人だったと」

「……え？」

珈琲を飲もうとカップに伸ばした手が震える。

「紙飛行機を宇津瀬君に教えた人、ですか？」

そうして、花子さんの貯金を持って、逃げてしまった人。

「ああ……志信が中学生の頃だ。酷い話だったが……母親が働きに出て家にいない時間、寂しかった自分を愛してくれたのは彼だったと言っていた」

「愛……ですか？　それが？　だって……」

私はまだ、愛をいくつも知らない。だからそれが本当に正しいことなのか、判断できなかった。

「あの子はいつも誰かに必要とされたがっているようだった。四六時中寂しがっていたよ。承認欲求というのかな。同年代の友人相手では物足りなかったんだろう。不憫だと思うのと同時に、あの子が愛おしくなった。私は私なりにあの子を大切にしたつもりだ」

「だったら」

だったらもっと別の方法で、彼に寄り添ってくれたら良かったのに。言いたかったけれど、石川の顔を見て言えなくなった。そんな事、言わないでも彼はわかっているのだ。それでも抑えられない衝動を、世の中では愛と呼ぶのだろう。

「あの子が本当に花子さんのかつての恋人を想っていたかはわからない。ただ、父親の愛情を欲していただけかもしれない。その両方かもしれないし……とにかく私は自分に出来ることをした。あの子に向き合っていたつもりだった」

出来れば、他の『知り合い』と、これ以上会って欲しくなかったという。だのに宇津瀬君は、時々どうしようもなく自暴自棄になる時があったのだ。そんな彼を、石川でも止めることが出来なかった。

「その事と……宇津瀬君が死んだ事と、関係がありますか？」

「無いとも言い切れないが……やっぱりあの子が死んだのは、あの大会が原因だと思う」

苦々しい表情で言うと、彼はしばらく口元を手で覆ったまま、しばらく黙り込んで、コーヒーカップの中の黒い水を見つめた。

何を話そうか迷っているというよりは、話す勇気を探しているように見えた。

「本当の原因は、もしかして……貴方なんですか？」

ふー……と、石川が息を吐いた。戸惑いを吐き出すように。そして顔を両手で覆った。

「……あの子をよくわかっているつもりだった。達観している子だったから。笠井さんに勝ちを譲ることに、あの子がこんなにも傷つくとは想っていなかったんだ」

石川は、笠井の提案を迷惑がっている宇津瀬君を前にして、はじめはやんわりとした言葉で説得をしていた。

必ず次の機会を与えるからとか、一度くらいは彼にも良い思いをさせてやって欲しいとか、志信ならこれからいくらでもその機会があるだろうとか。だけど宇津瀬君は頑なに首を縦に振らなかった。

「公式大会でもない、勝った所でさほどメリットもない大会だ。だったら十五万を得る方があの子にはいいと思ったんだ。今は嫌がっていても、冷静に考えればあの子だってわかる。それに一時的だとしても、他の男に会う回数を少しは減らせるかもしれないという、淡い期待もあったんだ」

けれど納得しない宇津瀬君に、次第に石川は苛立った。だから彼は嫌なら『彼がやっている事』を、他人に明かすと言った。

「まさか……彼を脅迫したの？」

「勿論、死なばもろともだ。二人で地獄に落ちようか？　と言ったんだ……あの子は、『石川さんまでは巻き込めない』と言って、そして寂しそうに、飛行機を踏みつけたんだ」

石川はこんなにも志信が傷つくとは考えていなかったと言った。それは本当だろう。だけど宇津瀬君は、十分すぎるほど傷ついた。

「じゃあ……宇津瀬君はお金のせいで勝ちを諦めたのではなく、信じていた人に裏切られ、絶望して勝負を捨てたのね」

「ささやかな口喧嘩のようなものだ！　裏切ったわけじゃない。それに私はあの子を本当に大切に思っていたんだ。大人になってまで口を出そうとは思わない。だが子供のうちは、あの子にそういう事をやめさせたいと思っていたんだ！」

大会前からその事で随分もめていたのだと、石川は言った。前日もその件で言い合いになったらしい。だからこそ、その時は強い言い方になってしまったと。

だからと言って、彼を脅迫したことには変わりない。彼は力尽くで、宇津瀬君を支配したのと同じだ。母親というだけで、私を自由にしようとする母のようなものだ。直接手を上げることだけが、暴力ではないのに。

「私は本当に、あの子を守りたかったんだ！」

「だとしても、宇津瀬君を本当に傷つけたのは笠井じゃない。貴方だわ」

自分でも驚くほど、ひややかな声が唇から溢れた。途端に石川は自分の太ももを両手で強く掴み、そしてぶるぶると肩を震わせた……声を殺して泣いているのだ。

石川の言い分もわからなくはなかった。彼は純粋に宇津瀬君を愛していて、宇津瀬君を案じていたのだ。父親と恋人、その両方を担おうとした彼のことを、宇津瀬君はどう思っていたのだろうか。

嫌っていたならいい。利用していたならいい。でも、多分そうじゃない。

愛があればなんだって許されるわけじゃないのに。大人はどうして、そんな簡単な事を忘れてしまうのだろう。どんなに間違っていることだって、愛を理由に正当化してしまう。

たとえ誰かを傷つけてしまうことも、愛さえあれば許されると思っている。どんなに愛されていたって、傷つけられれば血を流すのに。

人を傷つけてはいけないと、そう子供達には教える大人が、一番人を傷つける。

「今頃……あの子は私を恨んでいるだろうね」

「馬鹿な事を言わないで。貴方は本当に何もわかっていないのね。恨んでいたら、宇津瀬君は死ななかった。貴方に怒りをぶつけられたなら、自分を殺したりしなかった」

本当に、どうしてこんな簡単な事がわからないんだろう。

「宇津瀬君はただ悲しかったのよ。叱られた子供はね、ただ悲しいの。悲しくて、悲しくて、宇津瀬君は生きていられなかったの。貴方だけは、味方だと信じていたのに！」

かみ殺していた嗚咽を、とうとう抑えきれないというように、石川は声を上げて泣きだした。そのしずく一つ一つが、宇津瀬君への想いの証し。

彼を慰めるつもりはなかった。泣いて泣いて、体中の涙を絞り出し尽くして、涸れて死んでしまえばいい。

でもそんな事は出来ないだろう。それに……宇津瀬君もそんな事を喜ばない。

香ばしくて、どこか甘い香りのする珈琲。口をつけるとかすかに苦い。蜜の味だという復讐もきっと本当はこんな味だろう。

そしてたとえ飲み込むときに苦くても、人は償いたいのだろう。償う事が出来ない罪は苦しい。ずっと彼は一人、誰にも言えない罪を抱えて苦しんでいたのだ。

この人を楽にしたいとは思わないけれど、憎む気持ちがわき上がらないのは、私がブリキの木こりだからだろうか。それとも、私の中の宇津瀬君は、それでも彼を愛しているのだろうか。

オフィスの窓から、落ちていく日をぼんやりと眺めながら、なぜだか今はこのままこうして、泣いている彼の側にいたいと思った。

気がつけばまた門限を破ってしまっていた。でも今朝、母は私の目を見ず、直接口も利いてくれなかった。帰っても何も言われないかもしれない。そもそも母は、私を「おかえりなさい」とは迎えてくれない。

「一度だけ、志信が君の話をした事があった。あの子の死ぬ三週間ほど前かな」

泣くだけ泣いて落ち着いたのか、石川は車で私を家まで送ってくれた。帰り道、彼は十勝大橋は渡らなかった。遠回りした分、車内は静かで退屈だと思ったけれど、石川は突然そんな風に切り出した。

「二人で釧路のプラネタリウムを見に行ったとね。その時、志信が足を骨折した時の手術の傷跡が、北斗七星に似ていると気がついて、二人で大笑いしたそうだ」

「ベッドから飛び降りた時の？」

「ああ――ほほえましいと思うのと同時に、あの子に同い年の、しかも異性の友達が居るということに、私は嫉妬したよ……だけど改めて、あの子に友人がいて良かったと思っている……今もね。あの子が独りではなくて、本当に良かった」

微笑みながら話す石川の横顔を見ながら、彼はこの先どうするのだろうと思った。どんな風に生きて、どんな風に宇津瀬君を忘れるのだろう。死ぬまで忘れないのかもしれない。

白いスマホは、やっぱり宇津瀬君のものだった。正確には、石川が彼に買い与えたものだ。もう契約を解除したらしい。残念ながら彼もパスワードはわからないそうだが、形見がわりにそれは私の好きにしていいと言ってくれた。

　別れ際、また何かあったら連絡をして欲しいと彼は言った。でも……もう二度と会う事はないだろう。彼もその事はわかっていたと思う。

　覚悟を決めて家に帰ると、母は私を無視した。叱られるよりはいいし、もしかしたらこれが本当に正しい姿なのかもしれない。かつて娘だったバケモノを、母が本心では疎ましく思っていても仕方がないことだから。

「父さんは、今日も遅いの？」

　夕食はハヤシライスだった。結婚前にわざわざ料理教室に通い、その時一番最初に習ったのがきっかけで母の得意料理の一つになったが、残念ながら父はホワイトシチューが好きだった。

　私もあまり好きではないけれど、翌日余った分で作ってくれるオムハヤシライスは好きだ。でもこれを作っているという事は、父は今夜も明日も夕食を食べないという事だ。

「出張で、日曜の昼まで帰らないそうよ」

　遠回りと帰りが遅くなったお詫びに、石川がお土産に持たせてくれたケーキを差し出したお陰か、露骨に無視をするのはやめたらしい母が、そっけなく答えてくれた。

「そう……天気悪いのに大変だね」

　その言葉に対する返事はなかった。

食後に食べたケーキは、宇津瀬君の大好物だったというチーズケーキだ。音更のお店のもので、長方形のケーキを切り分けて食べる。濃厚なチーズの香りは、それだけで心が躍るし、表面に付いている焼き色が食欲をそそった。

もともと『わたし』が宇津瀬君に紹介した店だったらしい。お店の女性が、私を見て「あら久しぶり」と笑った。もしいつか、もう一度宇津瀬君の仏前に手を合わせられる日が来るとしたら、今度はヒマワリと、このケーキを持って行こう。

部屋に戻り、古いプラネタリウムの半券を確認する。インターネットで調べたら、当時上映していたプログラムの中に、『大きな柄杓を見てみよう！――北斗七星とその神話』というのがあった。

恐らく小学生向けの作品だけれど、その後帯広にJRで帰ったとすれば、大人向けのプログラムを見るのは帰宅時間的に無理だったはずだ。上映時間的に考えて、二人はこのプログラムを見たのに間違いない。

「北斗七星……か」

手術の傷跡が、北斗七星だなんてかっこいい。デスクチェアに腰を下ろし、宇津瀬君とおそろいの星座の図鑑を開いた。

「……私たちは見えない星だ」

『わたし』が日記に遺した言葉。いったいどんな気持ちで『わたし』はそう書いたのだろう。

複雑な状況に置かれ、苦しみ、迷う宇津瀬君を、『わたし』は側で見守っていた。時には彼の痛みを一緒に味わいながら。

「ねえ……『わたし』は彼を、愛していたの？」

椅子の背もたれを軋ませて深く寄りかかり、鏡を見る。愛していたから、だから彼と一緒に死ねたの？

宇津瀬君の死の理由は、ぼんやりと見えてきた。本当のことを言えば、石川の存在だけが、彼の死の原因ではないと思う。他にも様々な痛みが、日常が、ゆっくりと彼を死に追いやったような気がする。

「だったら、『わたし』は何故死んだの？　宇津瀬君のため？」

答えが返ってくることはない。わかっていても、私は『わたし』に語りかけた。真っ黒い私の目が、私を見返してくる。

煩わしい電気を消して、暗闇の中、鏡に額を押しつける。プラネタリウムの中の優しい暗闇で、『わたしたち』は何を思い、帰り道になんの話をしたのだろう。手術痕の北斗七星の他に。

目を開けると、鏡越しに天井の星が見えた。明かりを吸って煌々と輝くオリオン座と、寄り添うような北斗七星。

ふと、北斗の柄の端から二番目が、ぶれているように見えた。

近寄って見ると、それは確かにぶれていた。

どうして気がつかなかったんだろう。よく見ると、その星だけシールが二重に貼られていたのだ。それも、ほんの少しだけ重なりをずらして。

どうしてそんな事をしたのかは、そう悩まなかった。端から二番目の星ミザールは、実際に人によってはこう見えるのだ。

明るく輝くミザールのすぐ脇には、アルコルという暗い四等星がある。

このアルコルが見えるかどうかで、視力を測れるという。目が悪いとその星はミザールと一体化してしまって判別できないが、目が良いとしっかり分かれて見える。それくらい、ミザールに寄り添った星なのだ。

だから、二つは馬と御者とも喩えられる。輓馬（ばんば）の街帯広らしいともいえる星。

そのままベッドに横になり、暗闇の中でミザールとアルコルを眺めた。その光が失われてしまうまで。ため込んだ光を失って、ゆっくりと姿を消す二つの星。

北欧神話では、オリオン座の巨人の足指の一本がリゲルに、雷神トールによってもぎ取られて投げられたもう一本が、北の空でアルコルになったと言われる。

「見えない、星……？」

見えない四等星、つながる二つ星。

「ミザールと、アルコル」

慌ててベッドから起きて、暗闇の中、手探りで鞄からスマホを取り出した。バックライトで確認する。

電源を入れると、自分のではなく、おきまりのように間違いなくあの真っ白な電話だ。

mizarと打ち込んだけれど、残念ながらこれは外れだった。チャンスはあと一回。一瞬だけ躊躇った。それでも、迷いながらも最後の一回を、祈るように入力する。

a-l-c-o-r——アルコル。

「…………」

一瞬駄目かと、息が止まりそうになったけれど、スマートフォンのロックが解除された。

「……あ」

だけど、スマホの中はからっぽだった。電話帳も、メーラーも、ブックマークも。呆然としながら、それでも諦めずに、中のデータを探す。画像も……そして最後に音楽ファイルを確認する。

なんでもいい。なんでもいいから、宇津瀬君の痕跡が欲しかった。彼の好きだった唄の、ワンフレーズでもいいから。

ほとんど諦めの中で開いたフォルダの中。デフォルトの音声ファイルの中に、一つだけ日付がファイル名になっているものがあった。

「あった……」

それは紛れもなく、宇津瀬君が自殺した日だった。

再生ボタンを押して、スマホを耳に押し当てる。ざわざわという人の騒音と、かすかに駅のアナウンスが聞こえた。帯広駅で録音した音声だ。長野屋は帯広駅の斜め向かい。恐らくこの後、『わたし』と一緒に荷物をロッカーに預けたのだろう。

彼の息づかいだけが、続いた。このまま何もなくても、せめて彼が生きていた最後の証のようなものを感じられただけでいい。

『ごめん、なんていっていいかわかんないや。気恥ずかしいね、なんだか』

やがてそんな照れくさそうな声が聞こえた。夢の中の声と、同じ宇津瀬君の声。

でもそう言った後、彼は覚悟を決めたらしく、深呼吸の後『わたし』に、メッセージをちゃんと遺してくれていた。

僕のベテルギウスへ
もし君が無事だったら、母さんをよろしく
お金は君の好きにしていいよ
だから、その時は生きて

君は、生きて
もう一度
今度こそ

生きて。

彼ははっきりと、力強く言った。

もう一度、今度こそ。

「……宇津瀬君……志信」

胸が熱くなった。

涙を流せたら、もっと楽だったかもしれないのに。体の内側が爆発しそうに熱い。

「お休み、私の北斗七星（ディッパー）」

その日は、その白いスマホを胸に抱いて、眠りについた。

彼に何か言いたかったけれど、そういう日に限って、彼は夢には現れなかった。


「雨、すごくなってきたね」

翌日の土曜日、我が家のベランダから外を眺めながら、不安そうに月貴香が言った。

「今アプリでチェックしたら、三十㎜の激しい雨だって」

そう答えたのはシロだ。

「どっか出かけるんじゃなくて、遠子の家に遊びに来て、良かったね」

彼女はスマホを手に、ソファでにっこりと笑った。遊ぼうと誘われたけれど、母の機嫌が心配で、家に招待したのだ。

そしてシロはフンフンと鼻を鳴らし、更に「いいにおーい」と嬉しそうに身をよじった。

「とーこママ、これでいい？」

「ええ。オーブンの中のがもう少しで焼けるから。そうしたら天板を入れ替えて頂戴ね」

テーブルの上に広げた天板に、パン生地を並べながら言ったのは千晶だ。無理かと思いながらの誘いに乗ってくれた事にも驚いたけれど、彼女は母とそれなりに面識があるようで、お昼にパンを焼きたいと母におねだりしていた。

突然そんな事を言ってどうなるかと思ったけれど、母は上機嫌に応じていた。話によると、母の料理上手を知る千晶は、遊びに来るといつも母に料理を習っていたらしい。

今日は丸いフランスパンを母と焼いていた。お昼はこのパンを器にして、昨日のハヤシライス用の残りのハッシュドビーフを食べることになっている。

「パンの焼ける匂いって最高だよ。遠子でも絶対に美味しいって」

よっぽど嬉しいのか、シロはにこにこだ。月貴香は私の横に座り、私の散らかした紙ゴミをさっさと片付けてくれた。

私はといえば、朝から競技用の紙飛行機を作っていたのだ。宇津瀬君が一番好きだった、N228機を。

「雨は明日の朝までっていうし、これ……飛ばしに行けるかしら」

N228は、初めて作ったにしては良い出来だった。上手く言えないけれど、作業を体が覚えているような感じが何度もした。宇津瀬君の記憶なのかもしれないし、『わたし』も彼に教えられて、飛行機を作ったことがあったのかもしれない。

「どこで飛ばすの？」

とシロ。

「緑が丘グリーンパークじゃない？　そこで前に紙飛行機飛ばしてるおじさんに会った事がある」

と月貴香。じゃあ、明日は緑が丘グリーンパークに行ってみよう。

「ちゃんと飛ぶかしら」

真っ白な機体を見て呟く。

「飛ばなくても、何度もやればいいじゃない。上手く飛ばせるようになるまで」

私に背を向けたまま、千晶が言った。そうね、何度でも。

「……私もちょっと作ってみようかな」

　やがてソファの上のシロが、興味津々に紙飛行機の本に手を伸ばす。

「やってみる？　じゃあ、私ももう一機作ってみようかな。競技用の機体は、色々とルールがあって。まず使う接着剤も決められていてね……」

　穏やかな休日。雨が降っていたけれど、静かな一日だった。多分、目を覚ましてから一番の。

　これからも、こんな毎日を過ごしていいのだろうか？　窓に映った自分にそっと問いかける。それでもいい？　宇津瀬君。そして『わたし』。

　その瞬間、問いかけを否定するように、雷鳴が轟いた。

　ざあざあと更に激しさを増して降り始めた雨。窓ガラスを流れる雨水が、私の微笑みをどろどろに溶かして流れ落ちた。


　翌日、昼になっても、霧のような小雨がサーッと降り続いていた。

「まだ降ってる……」

「台風の影響ね。今朝の予報では、夕方頃には晴れるって言ってたけれど」

　母が昼食を用意しながら言った。昨日は結局、三人とも家に泊まっていくことになって、午前四時過ぎまで話し込んだ後、朝九時頃に解散した。その後二度寝して、起きたらもう十二時近かったのだ。

「……じゃあ、今度の休日、晴れたらお母さんも一緒に紙飛行機を飛ばしに行かない？」

「そんな風に言って、車を出して欲しいんでしょう？　私は貴方のタクシーじゃないのよ」

　わざわざ自分の食事を待っていてくれた母が、十勝マッシュルームたっぷりの和風パスタを二人分テーブルに置きながら言った。

「でもお母さんも、たまには外で散歩したらどうかと思ったの」

　結局昨日、三人が遊びに来てくれたお陰で、母とはなし崩し的に和解をした。暴言を謝るタイミングを逃したままに。だけど過剰に縛り付けられるのはやっぱり嫌だった。下手に蒸し返して、また怒鳴られるのも。

「そうね……」

　母はまんざらでもない様子で私と、自分の分の麦茶をコップに注ぐ。その時、家の電話が鳴った。

　家電に直接電話をかけてくる人は多くない。知り合いは今はほとんどスマホにかけてくるだろう。だから家の電話は、主に営業の電話だ。母が先に食べなさいと言って席を立ったので、あまり気にせずパスタに向かう。エリンギもマッシュルームも好きだ。キノコは本当に食感が気持ちいい。

　てっきりまた愚にも付かない電話だと思ったのに、母は受話器を手に随分真剣な表情だった。何かを必死にメモを取って、そして戻ってきたときは、その顔は真っ青だった。

「……どうしたの？」

「着替えなさい、すぐに。出かけることになったから」

「え？　出かけるって、どこに？　お昼は？」

「途中で何か買って食べましょう。とにかく急いで準備をしなさい」

　母はパスタの皿をキッチンに下げ、そして自分の寝室へと早足で向かった。

「せめて、行き先だけでも教えて！」

　母の背中を追いかけるようにして自分も階段を上がる。

「旭川よ」

「旭川？　どうして急に？」

「層雲峡でお父さんの乗った車が事故を起こしたそうよ。旭川の病院に緊急搬送されたみたい」

「大変……！」

　大急ぎでルームウェアから着替え、一応数日泊まっても大丈夫なように荷物を整えた。

　家を出る頃には雨は随分収まっていた。

「音更川も増水してる」

途中、車の窓から、増水した音更川が見えた。ごうごうと水しぶきを立て、今にも河川敷にあふれ出しそうだ。

「今は護岸工事がしっかりしているから、よっぽどのことが無い限り大丈夫だって聞いてるけれど」

「そう……」

それでも、あふれ出さなくても、茶色く染まって荒ぶる川は、見ていると胸がざわざわする。

私と母さんはセコマで買ったおにぎりとフライドチキンを昼食に、高速で音更─占冠(しむかっぷ)から南富良野経由で旭川を目指した。

車で三時間ちょっとの距離だ。車内はほとんど会話がなかった。母さんは心配しているというよりは、むしろ怒っているみたいで、とても機嫌が悪かった。

「どうなるかわからないから、今のうちに寝ておきなさい」

それでも無理に話をしようとすると、母さんはそう言った。

「お父さん……大丈夫なの?」

「怪我はしたみたいだけど、命の心配はしなくていいそうよ。だから、心配しないで眠りなさい」

それは不幸中の幸いだ。私はシートベルトに頭を預けるようにして、昨夜の遅寝のせいもあってか、うとうと車中で過ごした。結局道中の綺麗な風景は見ずじまいだ。

旭川に着き、まっすぐ大きな病院を目指した。病院では、丁度先生から説明があると言われ、お父さんの顔を見る間もなく、カンファレンスルームという一室で、先生と面談した。

「ご主人は既に、危険な状態は脱しています」

先生は第一声そう言った。

「ですので、両足の骨折が治れば、体の方は心配ありません。多少のマヒが残る可能性もありますが、少なくとも命に別状はないのでご安心ください。ただ心の方は……」

「心の方？」

黙って、険しい顔で話を聞いている母に代わって問う。先生は母と私を一瞥した後、言いにくそうに口を開いた。

「同乗の女性は、ほぼ即死の状態で、現場で死亡が確認されました。その事を、ご主人は随分悔やんでいるようで……」

「同乗の女性？」

「わかりました、ありがとうございます」

私が更に先生に聞こうとしたのを、母が遮る。なかば強引に手を引かれてカンファレンスルームを出ると、父の病室の前に、見覚えのある中年男性が立っていた。

「美緒子さん」

男性が母に気がついて声を掛けてきた。

「ご無沙汰をしています」

母が深々と頭を下げる。一応私もそれを真似た。この人はかつて父が秘書をしていた市議で、父に不正をかぶせた張本人だ。その甲斐あってか、今では次期市長候補とも噂されている。

「心配しなくていい。またこちらで上手くまとめるから」

「いったい何があったんですか」

彼が言うなり、母は声を潜めて彼に詰め寄った。

「層雲峡からの帰り、石北峠で事故を起こした。警察の話では、飛び出してきた鹿を避けようとして、ハンドルを大きく切った所、道を外れ、雨で緩んだ地盤が崩れ、そのまま数メートルに渡って車が転落したらしい」

「石北峠は、鹿の飛び出しが多いから……」

「だが、幸いにして、運転していたのは彼女の方だ。なので彼に過失はないだろう」

彼女、という言い方を彼はした。母は、その女性のことを知っているようだった。

「でも、もう会わない約束では？　夫は立場上、求められたら拒めません」

「わかってる、矢作君の方の問題ではない。ホテルの予約者も彼女の名義になっている。

矢作君は幸い命の心配は無いんだ。落ち着き次第、帯広の病院に転院させよう……君も今日はもう、帯広に戻って大丈夫だ。後のことは私がすべて引き受けるよ」

「わかりました。ではよろしくお願いします」

驚いたことに、母はそのままもう一度頭を下げて、私の手を引いた。

「帰るわよ」

「え？　でも、お父さんの顔をまだ見てないわ」

「帯広に戻ってからでもいいでしょう」

冗談かと思いきや、母は本気だった。振り払おうとする私の手を、折れそうになるほど強く握りしめ、鬼気迫る表情で「行くのよ」と言った。そのあまりの剣幕に従うしかないと悟る。

振り返ると、市議が私に目配せするように、意味ありげに頷いて見せた。なんだかとても気分の悪い雰囲気だった。

車に戻ると、母は「今から戻れば、十九時前には家に着きそうね」と空を見上げて言った。こっちの方は雨が降っていないのか、さわやかで妙に高く感じる青空が広がっている。

「お母さん……」

「病院の近くに、美味しい紅茶の専門店があるそうなのよ。スコーンとシフォンケーキも絶品らしいけれど、それは今度改めて行きましょう。貴方も、明日は学校なんだから、早く帰った方がいいわね」

「お母さん」

「あ、でも、おにぎりだけだったから、遠子はお腹がすいちゃったかしら？　微妙な時間だけれど、軽く何か食べていきましょうか？　病院の中のカフェで、バゲットサンドでも買っておくんだったわね」

「お母さん！」

紅茶も、サンドウィッチも今はいい。それよりも、大事なのは父さんのことだ。

「こんなのおかしいわ……それに、亡くなった人が居るんじゃゃないの？」

「そうね」

「誰なの？」

「…………」

母は無言で車を出した。そして、綺麗だけれど無機質な帯広駅とは違い、木の温かみがある真新しい旭川駅でお弁当とお茶を買って、母は再び車を帯広へと走らせた。

駅で買った蝦夷わっぱ弁当には、大ぶりのホタテの煮付けがまるごとや、イクラや煮ウニまで入っていた。とても豪華な三時のおやつだ。味がわからないのが申し訳ないし、やっぱり父さんのことが不本意だったので、それを黙々と食べた。

少し母の機嫌が良くなるのを待つしかない。これ以上聞けば、またヒステリックに怒鳴り出すとわかったからだ。

一時間ほど過ぎた頃、ラジオから流れる人気アイドルの唄をぼんやり聞いていると、ふと、母が静かに泣いていることに気がついた。

「お母さん……大丈夫？」

「本当は、貴方もわかってるんでしょう？」

「何のこと？」

「覚えてないとしても、今の貴方はもっと鋭い子だわ。説明しなくても、想像がつくはずよ」

母が、涙を堪えながらかすれ声で言う。本当のことを言えば、想像は、確かに私にもついていた。ただ信じたくなかっただけだ。

「もしかして……お父さん、浮気をしていたの？」

母はこくんと頷く。涙が頬を幾筋も滑り落ち、母の腿に丸いシミを作る。見ていられなくて目をそらした。そうして母は、悲しい唄の流れる車内で、ぽつりぽつりと話し始めた。

父の恋人は今の勤め先の、経営者の娘という人だった。

父は逮捕の後、市議が昵懇にしているという広告代理店に再就職した。そこで事務をやっていたのが、父の不倫相手だという未婚女性だ。娘さんといっても年齢は母とそう変わらないという。

その事に気がついた母は当然黙ってはいなかった。けれど母との離婚を執拗に望んできた女性とは裏腹に、幸い父は母と離婚する気は無かったらしい。結局市議が間に入る形で、話は収まった。

彼女は会社を辞める事、もう二度と彼女の方から声はかけない事。守れなければそれ相応の額を請求する事など、広告代理店社長も責任を取る形で、父は私達の元に帰ってくることになった。

「二年くらい前の事よ。でも、守られてなかったのね。ここ半年ぐらいまたあの人の帰りが遅くなったわ。決まって水曜日と金曜日。その日は仕事が忙しいとか、飲みに誘われる日なのだと理由をつけていたけれど、あの人に会っていたんでしょうね」

「どうして……」

「優しいと言えば聞こえはいいけれど、流されやすい人なのよ」

いずれは会社を継ぐ立場だと、彼女は自分で言っていたという。そんな相手の誘いは断りにくい。まして通常の形での入社ではないのだから。それに好きだと言われれば、悪い気もしなかったのだろう。

二度目はないという約束で、離婚は免れた。父と女性の関係も、そこできっちりと清算されたはずだった。

「だけど貴方が川に飛び込む前の日に、とても機嫌悪く帰ってきたの。父さんの誕生日が近いから、お夕飯のメニューは何にしようか、なんて話しかけた私に、遠子は『祝う必要あるの？　馬鹿みたい』と、とても冷たく笑ったのよ。すぐに貴方が何を見たのか気がついたわ」

　母は、娘がいったい何を目撃したのか、具体的なことは聞かなかった。聞けなかった。けれどそれは、間違いなく父が裏切る姿だったのだろう。

　何か話をしなければ……と思っていた翌日、『わたし』は川に飛び込んだ。

「目を覚ました貴方は、二年分の記憶を失っていた。すぐに気がついたわ、貴方はあの人の裏切りを、全部忘れてしまったんだって。貴方は昔からお父さん子だったから」

　母は思った。娘はやはり、自分たちのせいで思い詰めていたのだと。年頃だからか、『わたし』は特に、異性を毛嫌いするようになった気もする。特に浮気が発覚してから、父親に対して、生理的な嫌悪感を、はっきりと示すようになっていた。

「だから、忘れられたのは、貴方にとっては良かったのかもしれないとも、思うようになったわ。それに……これを機に、きっとあの人も心を入れ替えてくれると思った……だけど、こんな事になるなんて……いっそ、死んだのがあの人の方だったら良かった」

「そんな！　なんて事を言うの⁉」

いくらなんでも、そこまで言うなんて。驚いて母を見る。もう涙は止まっていた。母の顔に浮かんでいたのは、確かな憎悪だ。

音更に着いたのは十八時半頃だった。予報通り雨も止み、空は明るい夕日に照らされた雲が棚引いている。母は疲労困憊といった感じで、ソファに倒れ込んだ。夕食は、後でさっとそうめんでも茹でようという話になったから、よっぽど疲れて、食欲もないのだろう。

私も少し、部屋で休むことにした。ただ居眠りしながら車に乗っているというだけでも、体は疲労するらしい。ベッドに横になるとすぐに眠気が襲ってきた。


夢とうつつの間。

夢の中で夢とわかっている時間。

眠る私のベッドの横に、誰かが腰掛けた感覚があった。

――ベテルギウスはオリオンの道しるべなの。オリオンが背負う光。北斗七星も旅人の星よ。

誰かがそっとささやいた。甘いシャンプーの香りは千晶だ――ううん、『わたし』だ。

――じゃあ僕たちは、お互いの道しるべになれたらいい。

もう一人の優しい声。これはすぐにわかる。宇津瀬君だ。

なんだかほっとした。心配しないでも、二人は今もこんな風に一緒に居るのか。

それに、私に怒っている訳じゃないみたいだ。

良かった。

安堵の息を吐いて、私はもう一度深い眠りにつこうとした。そんな私の髪に、宇津瀬君が触れる。


――起きて、遠子。目を開けて。


そっと冷たい風が吹いたような気がした。

咄嗟にがばっと跳ね起きる。ベッドサイドに二人の姿はない。触れても、ぬくもりも残っていなかった。

「……何？」

ふと視線を感じて振り返ると、それは鏡だった。鏡の中で不思議そうに私が見つめ返してくる。

「どうして、私を起こしたの？」

ぽつりと問いかけた私に、『わたし』からの返事はなかった。けれど髪には確かに宇津瀬君の指先の感触が残っている。鏡越しに目に入る、北斗七星とオリオン座。と、どうしてだか急に、母のことを思い出した。不思議な胸騒ぎがざわっと体中を走り抜ける。

「お母さん⁉」

急いで階段を駆け下りると、ソファに母の姿はなかった。寝室にも、キッチンにもだ。玄関を見ると、母の履いていた靴がなかった。

慌てて玄関を飛び出す。

沈みかけた夕日の中、音更川の土手を上る人影があった。

「お母さん……？」

逆光のせいで、その姿がはっきりと見えない。だけど駆け寄ると、それは確かに母だった。

「待って！　お母さん！　どこに行くの！」

叫んだけれど、母は振り返りも、足を止めもしなかった。聞こえてるはずなのに。いつだってそうだ。母さんは私の話を聞いてくれない。

「お母さん！」

　急いで追いかけると、濡れた芝生で足が滑った。転んで膝を打つ。大きな石で膝がえぐれてしまったけれど、母は既に土手を越えて、河川敷の方へ下りかけていた。

「くっ」

　立ち上がると血が流れる感触がある。だけど見えなくなる母の頭を追いかけて立ち上がった。土手を上がりきると、母は河川敷を歩き、川は普段の穏やかさを失って、うねるような濁流で河川敷の木々や草を飲み込もうとしていた。

「お母さん……」

　すぐに母の意図がわかった。急いで河川敷に駆け下りる。母はまっすぐ川を見据え、そして一歩を踏み出そうとしていた。

「駄目よ！　やめて！　下がって！」

　叫んだけれど、母は足を止めなかった。まるであの悪夢の中にいるように、膝の下から力が抜けた。転んだせいかと思ったけれど、そうじゃなかった。私の体が、この溢れようとする川に恐れを感じているのだ。

　怖かった。流れる異様な水の臭いが、暴れて流れてくる黒い流木が、ごうごうという水の音が、何もかもが。

「おかあさん……」

側に駆けよって止めたいのに、ふにゃふにゃと足に力が入らない。母も恐ろしいのだろう。彼女は片足を浸して、しばらく躊躇っているようだ。今行けば間に合う。今だったら母を止められる。わかっているのに、どうしても体が動かない。

「ううう……っ」

それでも、必死に両手で這いつくばった。

「私は、ブリキの、木こり、私はブリキ、ハートのない、木こりでしょう！」

呪文のように唱え、匍匐前進するように母の元へと向かった。私はブリキの木こりだ。金属製の心には、恐怖を感じる場所だってないはずだ。

「今になって人間のフリなんてやめてよ！　今こそ動けないでどうするの!!」

もう一度、そう自分に言い聞かせて足に力を入れた。そうだ、歩くんだ。立ち上がって。

「お願い！　歩かせて！」

声で自分を鼓舞し、神様以外の誰かに願いをかけて、なんとかもう一度立ち上がる。よろめくように歩き出すと、次第に足に感覚が戻ってきた。それでいい。怖がっている場合じゃない。母さんも覚悟を決めて、川にもう一歩踏み出したところだった。

「危ないわ！　やめて！」

母の背中にしがみつく。それでも母は、水流によろめきながらも、しっかり更に一歩踏み出す。私の足が、川の濁流に洗われるのがわかった。途端に恐怖が爆発するように弾ける。

「いやああああ！」

気がつけば叫び声をあげていた。母は私を振り切る。自分でも何を言っているのかわからない言葉を叫びながら。それでも母に追いすがった。

「どうして止めるの……貴方だって同じ事をしたでしょう？」

「え？」

再びしがみついた母が、背中越しに言った。

「貴方だって、死のうとしたはずよ」

「お……おかあさん」

ああ、まただ。結局私のせいなんだ。

「お金の心配はいらないわ。保険が下りるし、お父さんの事は貴方が関わる必要はない。歩けなくなっても、またあの人達が上手くやってくれるでしょう。貴方自身に困ったことがあれば叔父さんを頼ればいいわ」

冷ややかな声が降り注ぐ。気がつけば恐怖ですすり泣いていた。恐ろしい水が、今にも私とお母さんを飲み込もうとしているのに、お母さんは私を振り返ってもくれない。

「……それに貴方は一人で生きていけるでしょう？　私なんて必要ないはずよ」

また、母が私をふりほどく。水は中央に行くにつれて激しさを増している。

「やめて」

一歩、また一歩と、歩みを進める母を、追いかけられなかった。

「いや……いやだ、やめてお母さん！」

必死に手を伸ばす。もうずっと、つないで貰っていない掌を探して。

「お願い！　もうやめて！　ごめんなさい！　いい子になるからやめて！　いかないで！」

「……いい子？」

そこでやっと、母が足を止めた。ほっとしたのもつかの間、振り返った母の顔に浮かんでいたのはやっぱり怒りだった。

「私もいい母になろうとしたわ。いい妻でいようとした。あんなに大切にしたのに。私、貴方たちを愛していたわ、どんな時も。そうでしょう？　いい妻だったはずよ、いい母だったはずよ！　私にだって感情はあるのに！」

「おかあさん……？」

髪をかき乱し、身をよじって、母が叫んだ。

「母親にだって心はあるのよ。どうして聖母にならなきゃいけないの⁉　聖母になれない私は『悪い母親』なの⁉　私の気持ちはどこへ行くの⁉　女は母親になった時から他人を生きなきゃならないの⁉　私は聖母なんかになれない！」

いつでも家で、わたし達のことを考えてくれていたママ。他のことができない人だと思っていた——ずっと、そんな鎖に縛られていたとは知らずに、わたしはママを馬鹿にしてた。

パパだって同じだ。ママは全然一緒にいて面白くない。不倫しているのだって、ママにも原因がある。パパは最低で汚いけれど、ママは醜い……そんな風に思ってた。

「私、それでも貴方たちを愛してたのよ？　貴方達がそうじゃなくなっても」

可哀想なママ。だけど、やがてわたしの中にも怒りが弾けた。

「……嘘つき」

「なんですって」

「嘘つき！　愛してた？　誰を？　全然わたしを見てなかったわ！　ちゃんと見てなかった！　視界に入るのと、きちんと『見て』くれるのは違うでしょ！　ちゃんとわたしに向き合ってくれてなかったくせに！」

「遠子……？」

「叱るなら、最後まで追いかけてきてよ！　怒ってもいいから！　その代わりちゃんと帰ったら、おかえりって迎えてよ！　わたしは外側だけじゃないんだから！　なんにも気がついてくれなかったくせに！」

唇が勝手に動いた。言葉が、喉の奥から迸る。きっと、それがあふれ出てくる部分を心と呼ぶのだ。気がつけば驚いて立ちすくむ母の手を、今度はしっかりと摑んでいた。

「知ってるよ。ママは聖母じゃない。愛して大切にしてくれるけど……わたしの好きなハンバーグは和風バーグだよ。ハヤシライスよりカレーが好き。朝はご飯よりもシリアルが好きなの。ずっとお味噌汁よりミルクが飲みたかった」

母の怒りが、唐突に悲しみに変わった。母はくしゃっと顔を歪め、わっと泣き出した。

ごめんねママ、泣かせたいわけじゃないの。

「でもね、ママ。わたしもちゃんと言ってなかったよね。わたしもママを見てなかった。わたしはママがそんな風に悩んでること知らなかった。おかえりって言ってくれないなら、ただいまってわたしから言えば良かっただけなのに」

たとえ家族だって、話し合わなきゃわからない。大事な事であればなおさらに。言わないのに「理解して」なんて無理だ。本当にわかって欲しかったら、自分から言わなくちゃ。

気がつけば、同じ背丈になっていたママを抱きしめる。抱きしめて、こんなにママが小さかったことに気がついた。

「お互いに、もっと目を見て話し合わなきゃいけなかったんだよね。だから聖母なんかにならなくていいよ、ママはママ。ママの通りでいてくれたらいいから！」

あふれ出て来るわたしの言葉。

「だから、これからはちゃんとわたしを見て。わたしも、ちゃんとママの話を聞くから」

「遠子……」

ずっとわたしを探してた。どこかに消えてしまったわたしを。でも、本当は違った。

わたしは、ずっとここにいた。

やっぱり、私はわたしだった。

「ごめんね遠子、でも私……」

ママがそっと、冷たい手でわたしの頬に触れた。

「ママ⁉」

その瞬間、気がつけば勢いを更に増した濁流が、ママを攫っていこうとした。

体が動いた。恐怖はなかった。いや、きっと母を失うことがそれ以上の恐怖だった。

咄嗟に母を、岸の方の流れのまだ弱い方に突き飛ばす。

「遠子！」

母の叫びが聞こえた瞬間。濁流がまたわたしを飲み込んだ。

白い、二本の手。二本の右手。水の中でもがく、わたしと、志信の右手。

夜が来るたび、深い川霧のようにわたしを包む孤独感。

わたしたちは見えない星。誰にも見てもらえない星。

大好きな千晶は、たぶんわたしを愛してくれない。

わたしに星座を教えてくれた優しい人、大好きな人。でもわたしを裏切った父さん。

志信に空飛ぶ翼を与えた人、いとおしい人。

悪いことをしてはいけないと、嘘をついてはいけないよという大人たち。

どうして大人が先にわたしたちを裏切るの。

大人は狡い。大人は酷い。

正しいことを教えるくせに、なんでも駄目って言うくせに、自分で悪いことをする。

理由があれば、どんなに酷いことをしてもいいよと、教えてくれるのは誰なんだろう？


ねえ、どうして晴れの日にするの？　飛行機を飛ばすため？

――遠子は雨の日は嫌い？

ううん。別に。雨は雨で綺麗じゃない？　……どうして笑うの？

――遠子はやっぱりまだ子供なんだと思ってさ。ほら、朝にお天気キャスターが言うだろ？『今日は残念ながら、全国的に雨の模様です』ってさ。それを聞く度に、ずっとなんで残念なのか疑問だったんだ。

大人にはなりたくない。雨ふる日が嫌だという大人に。晴れが嬉しいという大人に。

わたしたち子供は雨だって大好きだ。水の匂い、水たまり、飛び跳ねるカエル。大好きな傘と長靴、雨合羽。

晴れを喜ぶ大人にはならない。

わたしたちは晴れた日に死のう。

わたしたちのまま。


——来て。


そう手を伸ばす志信。わたしの北斗七星。

そうだね、行こう、こんどこそ。

志信の手を握った瞬間、急に幻が消えた。ぐいっと水の中から引き上げられる。細くて、だけど力強い母の手に。

「私、言ったわ、病院で！　遠子ともう一回やり直すって！」

「ママ……」

体中が痛い。外側も、内側も。喉の奥も、頭の中も。

みんな痛い。
苦しい。
辛いよ。
こんなに苦しいんだから、もう離して、行かせてママ。
「駄目よ遠子！　しっかり摑んで！　手を離さないで！」
そうね、わかってるよ。でもごめんね、ママ。
ママのせいじゃないから、泣いちゃ駄目だよ。
もう頑張れない——そう思ったわたしの背中を、水の中から誰かが押し上げた。
確かに、しっかりと。はっきり掌を感じた。
意識を失う合間に見えた、まぼろしだったのかもしれない。
だけど引き上げられた時に見えた。
水の中で微笑む、志信の姿が。

あの時もそうだった。
やっぱり怖いというわたしに、志信は何度も一人で逝くと言った。
でも嫌だった。独り遺された世界で、生きていけると思えなかった。
志信は少し悩んで、紙飛行機を空に飛ばした。まあるい翼のＮ２２８。紙飛行機に出会った志信が、一番最初に飛ばした翼だ。

「怖くない。あの翼が、僕らを天国に運んでくれる」

そう志信は言って、橋の欄干に腰掛けた。そして、すぐに動けなかったわたしに、そっと手を差し伸べた。

「来て」と。

その寂しそうな微笑みと、震えている手を見て思った。本当は志信も怖い。そんな志信をひとりでなんて逝かせられない。

二人で手をつないだまま、川に落ちた。浮遊感があんなに怖いなんて知らなかった。途端に自分が死ぬのも、何もかもが怖くなって、パニックを起こすわたしを、志信は抱きしめた。

初めて彼がわたしに本当に触れたのに、その瞬間にわき上がったのは、やっぱり喜びじゃなくて恐怖だった。もう二度と、この体に触れて欲しくない。男の人には。

「遠子！」

でも暴れると、支えを失ってわたしの体は何度も沈んだ。志信は必死にわたしの手を摑んで離さないでいてくれた。でも時間の問題だと思った。その瞬間、中州に押し上げられた大木が近づいてくるのが見えた。

死のうと思っていたのに不思議だ。わたしたちは必死にその木にしがみついた。でも気がつくと志信は真っ青な顔色で、頭からたくさん血を流していた。川を流れる流木か何かがぶつかったのだ。

　志信は意識を失いかけていた。今度はわたしが手を伸ばした。流れに逆らおうとするわたしたちを押し流そうと、何匹もの竜のような水が襲いかかってくる。

　片手で流木にしがみつくのは難しかった。だけどどっちの手を離しても、志信を失ってしまうのだ。

「頑張って！　やっぱり間違ってたよ！　頑張ろう！　わたしも強くなるから、わたしたち、二人でもっと強くなろう！」

「遠子は十分強いよ」

　かすれそうな声で志信が言った。

「そんなことない！　独りは嫌だし、大人にもなりたくない！」

「ううん、知ってるよ。僕は知ってるんだ……言ったろ、遠子は僕のベテルギウスだった。出会うのが遅すぎたから、短い時間しか一緒に居られなかったけど。だけど僕らはきっと一生より長い時間を共有していたんだ」

　その時、志信が何をしようとしているのかわかった。だけど、わたしももう本当に限界で、全部諦めたい気持ちがあふれ出しそうになっていた。

「やめて……志信」

「だから……離れていても、僕はちゃんと君を見守ってるよ。いつでも。もう君が迷わないように。どんなに暗い水の中からだって、僕が君を掬い上げるから。だから遠子は、遠子が思う大人になればいい。きれいな大人に」

「わたしはもう、きれいじゃない」

冷たい手が、わたしの髪に触れた。

「大丈夫……悪いものは全部僕が持って行く……それに体は離れてしまっても、僕らの魂は一つだ。だから……もう一回、二人で生きよう」

その瞬間、志信がわたしの手を払った。わたしが離してしまう前に。わたしが志信を殺してしまう前に。

「駄目え！」

あっという間に、濁流が志信を奪っていった。

何度も一緒に行きたい衝動に駆られた。けれど手を離せなかったのは、これが彼に貰った命だってわかってたからだ。

何度も意識を失いそうになりながら、流木にしがみついた。

絶対に生きるよ。

わたしは、生きていくよ。しっかりと貴方を背負って。あの空を見上げて。晴れた日も、雨の日も。昼も、夜も。

そうして迷ったときは、貴方を目印にするから。


「わたしの、北斗七星……」

そう絞り出した自分の声で目が覚めた。

「遠子！」

また病院だと、天井を見て思った瞬間、母がしがみついてきた。

「お母さん……大丈夫？」

「ええ……ごめんね、ごめんなさい、遠子……」

「ううん、私も大丈夫」

泣きじゃくる母の髪にそっと触れた。毛先を指先でこねるように。そういえばずっとずっと小さな頃、母の髪をこうして触るのが好きだったっけ。

咄嗟に顔を上げた母も、同じ事を思い出したんだろう。

私達は抱き合って、そのまま泣いた。濁流のように淀んでいた心が、みんな流れてしまうまで。

「え？　ソーラーパネル、外しちゃうの？」

「ええ。だってあれは、お父さんの不倫をもみ消す示談のお金で付けたのよ。あの人が見る度に思い出せばいいと思って」

一週間後、緑が丘グリーンパークで、私達はお弁当を広げていた。

「お母さん、怖い……」

「そんな事ないわ。だって効果なかったんだもの。だから外しちゃおうと思って。今度は私が思い出して悔しいし。やっぱり景観は微妙よね。電気代の事はありがたいけれど」

思ったよりも強か（したた）だった母が、やけくそのように笑った。

「本当に、お父さんと離婚するんだ」

「別に貴方は自由でいいのよ。もう小さくないんだから、どっちを選んでも困るって事はないでしょ。一応親権は私が持つけれど、貴方は好きに行き来したらいいわ……特に彼は、一気に独りになってしまうんだから」

私がお父さん子だった事を知る母が、どこか寂しそうに言った。父は一気に愛人と妻を失うのだ。更に娘までは奪えないという母の優しさに、まだ母の中に残る、父への思いを感じた気がした。

「でもお父さん……結局すぐに、寂しいって新しい恋人作っちゃいそう」

ふっと母が苦笑いした。間違いなく同じ事を考えてるんだろう。

父さんはかっこいい。年齢より若く見えるし、絶対にモテるだろう。そういう父が昔は自慢で大好きだったけれど、今はちょっと……もういい加減落ち着いてよって思う。

「でも、大丈夫なの？　これからの……その、生活とか」

「お金のこと？……まあ、とりあえず色々と入ってくるの。弁護士さんも通すしね、前回そういう約束になっていたから。娘さんを喪ったご両親は可哀想だとは思うけれど、それとこれとは話が別よ。約束したお金はしっかり払って貰うわ」

父と女性が二度と会わないようにと、母は取り決めをしっかりと作っていた。お金が欲しいというよりは、結局の所お金という目に見える形でしか縛ったり、償わせる事が出来ないからだ。

「それに……実は叔父さんがね、仲間数人と病院を開く予定なのよ。遠子は知らないでしょうけれど、お母さんね、昔は医療事務の仕事をしてたのよ。家もあるし、貯蓄もまあまあるし、贅沢しなければ十分やっていけると思うわ」

琢喜叔父さんも、別れた奥さんと同じ病院では働きにくいらしい。勿論、病院を手伝うようになったら、貴方にも家事は手伝って貰うけれど、と、母は悪戯っぽく笑った。

味覚は相変わらず回復していないから、料理は少し不安だけれど、その代わり掃除や洗濯なら出来る。

「ごちそうさま！　じゃあ……ちょっと行ってくるね」

白スパサンドを食べ終えて、さあ本日のメインディッシュと、紙飛行機を手に立ち上がった。

「そうだ。宇津瀬さんがね、また貴方に遊びに来てって」

「花子さんが？　会ったの？」

「ええ……この前貴方が入院してる時に、千晶ちゃんと一緒に来てくれたのよ」

千晶も、それならそうと言ってくれたらいいのに。でも彼女は、今新しいクラスの改革をしている最中だ。不毛な恐怖政治は終わりにしたいと。

「宇津瀬さんね、まだ上手く飲み込めないけれど……だけどまた貴方と、志信君の話がしたいって」

「……うん」

そこまで言うと、母は人にぶつからないように気をつけてね！　と私を野原へ送り出した。

「さて」

木の棒に、丈夫なゴムをくくりつけたゴムカタパルト。事前に室内で十分に調整した。まっすぐ上に向かって打ち上げる、垂直上昇法は志信がやっているのを見ている。けれど、実際に自分で打ち上げるのは初めてだ。

「お、N228機じゃないか」

その時、野球帽を被ったおじさんが、私に声を掛けてきた。

「ご存じですか？」

「ああ、古いけれど根強い人気のある機体だよ——若い女の子が飛ばしているなんて、嬉しいねえ」

「親友が紙飛行機が大好きだったの。だから私も、始めてみようと思ってるんです」

微笑んで答えると、彼はこんな嬉しいことはないという笑顔を浮かべた。

「そりゃあいいね。帯広にはね、紙飛行機の神様って言われてる人が、昔住んでいたんだ。いわばここも聖地の一つだね。青空に、この真っ白い機体が飛ぶ様は、まるで天使が空を飛ぶようなんだよ」

天使か。だったらこれは絶対に失敗できない。

「ほら、鳶が高いところを飛んでいるよ。上昇気流に乗っているんだ、君も飛ばしてごらん」

おじさんが青い空をまっすぐ指さした。

「でも上手く飛ばせるかしら、私、初めてなの」

思わず不安を口にすると、おじさんは声を上げて笑った。

「大丈夫、大丈夫。ちゃんと風が運んでくれる。それに失敗したって何回でもチャレンジしたらいいんだ。紙飛行機の良さはね、何回壊れても作り直せる事なんだよ。おじさんなんてもう何機作ったかわからないよ」

「はっはっは」という、おじさんの笑い声に背中を押され、私は上半身をぐっと反らせて、まっすぐ空へ垂直に紙飛行機を構えた。力一杯、けれど飛行機を気遣いながら、慎重にゴムを引く。

鳶がひゅーろろろと高いところで旋回している。その声が途切れた瞬間、一瞬だけ吹いていた横風が止んだ。

ひゅっ。

鋭い音を立てて、紙飛行機が風を切る。真っ青な空に、白い機体が高く高く舞い上がる。

「飛んだ！」

「すごいじゃないか！」

おじさんと思わずハイタッチした。

「楽しいだろう？　もし上手く飛ばなくても、それはそれで楽しいんだよ。上手く飛ばせるように試行錯誤するのがね！」

おじさんはすっかり喜んで、私を自分の入っている紙飛行機同好会に誘った。志信が入っていた会とは別だったけれど、それも悪くないなと思った。

「だけど……もう少しだけ、早くここに来れたら良かった」

夢が一つだけ叶うなら。

一度だけでいいから、時間を戻すことが出来るなら。

ここで志信とこんな風に、二人で飛行機を飛ばしたかった。青空に向かって。

結局お父さんとお母さんは離婚した。お父さんは少し可哀想だったけど、その分お母さんは晴ればれとしていた。来月久しぶりに札幌のお友達と、二泊三日の温泉旅行に行くらしい。

志信のお金は、志信の家の近くの学童保育所に『アルコル』と匿名で寄付した。子供の頃、志信が通っていた場所だ。多分彼も喜ぶだろう。

帯広は今日も晴れだ。最高に美味しい実りの秋が来て、冬になれば十勝晴れ、気持ちいい青空が毎日続く。冬の朝は息をする度に、鼻毛が凍るほど寒いけど。

やっぱり晴れた空が好きだ。だけど大人ではない証拠に、雨の日も大好きだ。

まだ時々、自分の中に自分じゃない誰かを感じる。生きて行くには繊細すぎた志信の声が聞こえて来て、私を惑わす時もある。

だけど私は一つになった星だ。『わたし』と『志信』。二人の望んでいた命。

多分、これからだって何回も、つまずくことはあるけれど。だけど迷うときは星が導いてくれる。失敗したって、何度でもやり直せばいい。

これからも生きていく。

雨の日も、晴れの日も。
二人と一緒に。

本書は文春文庫への書き下ろし作品です。

DTP制作　エヴリ・シンク

本書の無断複写は著作権法上での例外を除き禁じられています。
また、私的使用以外のいかなる電子的複製行為も一切認められ
ておりません。

文春文庫

あしたはれたら死（し）のう

定価はカバーに
表示してあります

2016年12月10日　第1刷
2017年4月20日　第2刷

著　者　太田紫織（おおたしおり）
発行者　飯窪成幸
発行所　株式会社　文藝春秋

東京都千代田区紀尾井町3-23　〒102-8008
TEL　03・3265・1211
文藝春秋ホームページ　http://www.bunshun.co.jp

落丁、乱丁本は、お手数ですが小社製作部宛お送り下さい。送料小社負担でお取替致します。

印刷・凸版印刷　製本・加藤製本

Printed in Japan
ISBN978-4-16-790748-8

文春文庫　青春セレクション

（　）内は解説者。品切の節はご容赦下さい。

あさのあつこ
ガールズ・ブルー
十七歳の誕生日を目前に失恋した理穂。病弱だけど気の強い美咲。天才野球選手の弟、如月。落ちこぼれ高校生たちの夏が始まった。切ないほどに透明な青春群像小説。（金原瑞人）
あ-43-1

あさのあつこ
ありふれた風景画
ウリをやっていると噂される琉璃。美貌と特異な能力を備える周子。少女たちは傷つきもがきながらも懸命に生きる。十代の出会いと別れを瑞々しく描いた傑作青春小説。（吉田伸子）
あ-43-3

五木寛之
金沢あかり坂
花街で育った女と、都会からやってきた男。恋と別れ、そして再会――単行本未収録「金沢あかり坂」を含む4篇が織り成す、恋と青春を描いたオリジナル短篇小説集。（山田有策）
い-1-35

井上ひさし
花石物語
東大コンプレックス嵩じて吃音症に陥り帰郷した青年と、彼を迎え入れる心優しき花石の人たち。東北方言と至高のユーモア、包み込む人間観で読ませる、自伝的ザ・青春小説。（川本三郎）
い-3-31

伊集院　静
少年譜
多感な少年期に、誰と出会い、何を学ぶか――。大人になるために必ず通らなければならぬ道程に、優しい光をあてた少年小説集。危機の時代を生きぬくための処方箋です。（石田衣良）
い-26-16

池澤夏樹
南の島のティオ　増補版
ときどき不思議なことが起きる南の島で、つつましくも心豊かに成長する少年ティオ。小学館文学賞を受賞した連作短篇集に「海の向こうに帰った兵士たち」を加えた増補版。（神沢利子）
い-30-2

石田衣良
キング誕生
池袋ウエストゲートパーク青春篇
高校時代のタカシにはたったひとりの兄タケルがいた。戦国状態の池袋でタカシが兄の仇を討ち、氷のキングになるまでの書き下ろし長編。初めて明かされるシリーズの原点。（辻村深月）
い-47-20

（　）内は解説者。品切の節はご容赦下さい。

石田衣良
シューカツ！
一人の女子大生がマスコミ志望の男女七人の仲間たちで「シューカツプロジェクト」を発動した。目標は難関、マスコミ就職！若者たちの葛藤、恋愛、苦闘を描く正統派青春小説。（森　健）
い-47-15

大崎　梢
夏のくじら
大学進学で高知にやって来た篤史はよさこい祭りに誘われる。初恋の人を探すために参加するも、個性的なチームの面々や踊りの練習に戸惑うばかり。憧れの彼女はどこに!?（大森　望）
お-58-1

加納朋子
モノレールねこ
デブねこを介して始まった「タカキ」との文通。しかし、そのネコが車に轢かれ、交流は途絶えるが……表題作「モノレールねこ」ほか、普段は気づかない大切な人との絆を描く八篇。（吉田伸子）
か-33-3

加納朋子
少年少女飛行倶楽部
中学一年生の海月が入部した「飛行クラブ」。二年生の変人部長・神（じん）ことカミサマをはじめとするワケあり部員たちは果たして空に舞い上がれるのか？　空とぶ傑作青春小説！（金原瑞人）
か-33-4

海堂　尊
ひかりの剣
覇者は外科の世界で大成するといわれる医学部剣道部の「医鷲旗」大会。そこで、東城大・速水と、帝華大・清川による伝説の闘いがあった。「チーム・バチスタ」シリーズの原点！（國松孝次）
か-50-1

加藤実秋
風が吹けば
気がつくとそこはボンタン・ロンタイ、松田聖子にチェッカーズ、金八先生の世界だった。『インディゴの夜』の著者初の長編は、懐かしくて新しい、傑作タイムスリップ・ストーリー。
か-59-1

桜庭一樹
荒野（こうや）　16歳　恋しらぬ猫のふり
新しい家族の誕生と、父の文学賞受賞。高校生になり、新たな世界を知ることで荒野は、守られていた子どもの自分と決別することを心に誓う。少女の成長物語、最終巻。（吉田伸子）
さ-50-4

（　）内は解説者。品切の節はご容赦下さい。

佐藤多佳子
第二音楽室
音楽が少女を優しく強く包んでいく——学校×音楽シリーズ第一弾は音楽室が舞台の四篇を収録。落ちこぼれ鼓笛隊、合唱と淡い恋、すべてが懐かしく切ない少女たちの物語。（湯本香樹実）
さ-58-1

佐藤多佳子
聖夜
『第二音楽室』に続く学校×音楽シリーズふたつめの舞台はオルガン部。少年期の終わりに、メシアンの闇と光が入り混じるような音の中で18歳の一哉がみた世界のかがやき。（上橋菜穂子）
さ-58-2

島本理生
真綿荘の住人たち
真綿荘に集う人々の恋はどれもままならない。性別も年も想いもばらばらだけど、一つ屋根の下。寄り添えなくても一緒にいたい——そんな奇妙で切なくて暖かい下宿物語。（瀧波ユカリ）
し-54-1

瀬尾まいこ
戸村飯店　青春１００連発
大阪下町の中華料理店で育った兄弟は見た目も違えば性格も全く違う。人生の岐路にたつ二人が東京と大阪で自分を見つめ直す。温かな笑いに満ちた坪田譲治文学賞受賞の傑作青春小説。
せ-8-2

竹本健治
キララ、探偵す。
オタク大学生・乙島侑平の下宿に、美少女メイドロボット・キララがやって来た！　普段はどじっ娘だがスイッチが入れば女王様キャラに大変身して難事件もズバリ解決!?（蔓葉信博）
た-75-1

滝本竜彦
僕のエア
友人も恋人も定職も貯金も生きがいも根性も何もないダメダメ24歳男子。ある事故から、希望や夢を俺に与えようとするヤツが現れた。自虐的笑いで抱腹絶倒の青春小説。（海猫沢めろん）
た-86-1

南木佳士
医学生
新設間もない秋田大学医学部に、不安を抱えて集まった医学生たちは、解剖や外来実習や恋や妊娠にあたふたしながら生き方を探る。そして彼らの十五年後。軽やかに綴る永遠の青春小説。
な-26-4

（　）内は解説者。品切の節はご容赦下さい。

中村 航（原案 是枝裕和）
奇跡
両親の別居により鹿児島と福岡で離ればなれに暮らす航一と龍之介の兄弟。家族揃って暮らす夢を描く航一はある噂を耳にする。九州新幹線の一番列車がすれ違う時、奇跡が起きる——。
な-52-2

那須正幹
ぼくらは海へ
船作りを思い立った少年たち。冒険への憧れが彼らを駆り立てる。さまざまな妨害と、衝撃のラスト。児童文学の巨匠・那須正幹が、かつて少年だったすべての大人に贈る物語。（あさのあつこ）
な-63-1

野沢 尚
龍時 02—03
様々な困難にぶつかりつつ、プロ一年目を終えた彼はベティスに移籍。フラメンコで有名なアンダルシア地方セビリアの地に舞台を移し、活躍する。新たな恋の行方にも注目。（森岡隆三）
の-12-2

橋本 紡
いつかのきみへ
進学校に通う陸には、本当の友達がいない。潔癖で繊細な少年たちの交流が光る傑作「大富橋」ほか、水の都・深川で、昨日と少し違う今日を生きる彼と彼女を描く秀作六篇。（笹生陽子）
は-42-1

橋本 紡
半分の月がのぼる空（全四冊）
高校生・裕一は入院先で難病の美少女・里香に出会う。読書好きで無類のワガママの彼女に振り回される日々。「聖地巡礼」を生んだ青春小説の金字塔、新イラストで登場。（飯田一史）
は-42-2

羽田圭介
ミート・ザ・ビート
東京から電車で一時間の街。受験勉強とバイトに明け暮れる予備校生の日常は、中古車ホンダ「ビート」を手に入れてから変わって行く。芥川賞作家の資質を鮮やかに示した青春群像小説。
は-48-1

樋口有介
ぼくと、ぼくらの夏
同級生の女の子が死んだ。夏休みなんて、泳いだり恋をしたりするものだと思っていたのに……。サントリーミステリー大賞読者賞受賞、開高健も絶賛した青春ミステリー。（大矢博子）
ひ-7-5

（　）内は解説者。品切の節はご容赦下さい。

八月の舟
樋口有介
けだるくて退屈な夏休み。高校生のぼくは不思議な魅力を持つ少女、晶子と出会い、恋をする。そして突然に訪れる死……。『ぼくと、ぼくらの夏』の著者による青春小説。（福井健太）
ひ-7-6

もう誘拐なんてしない
東川篤哉
たこ焼き屋でバイトをしていた翔太郎は、偶然セーラー服の美少女、絵里香をヤクザ二人組から助け出す。関門海峡を舞台に繰り広げられる笑いあり、殺人ありのミステリー。（大矢博子）
ひ-23-1

武士道セブンティーン
誉田哲也
スポーツと剣道、暴力と剣道の狭間で揺れる17歳、柔の早苗と剛の香織。横浜と福岡に分かれた二人は、別々に武士道とは何かを追い求めてゆく。「武士道」シリーズ第二巻。（藤田香織）
ほ-15-3

武士道エイティーン
誉田哲也
福岡と神奈川で、互いに武士道を極めた早苗と香織が、最後のインターハイで、激突。その後に立ち塞がる進路問題。二人の女子高生が下した決断とは。武士道シリーズ、第三巻。（有川　浩）
ほ-15-4

予言村の転校生
堀川アサコ
村長になった父とこよみ村に移り住んだ中学二年生の奈央は様々な不思議な体験をする。村には「予言暦」という秘密があった。ほんのり怖いけれど癒される青春ファンタジー。（沢村　凜）
ほ-19-1

予言村の同窓会
堀川アサコ
こよみ村中学同窓会で物騒な事件が出来。転校生・奈央と同級生・麒麟は心優しい犯人を前に戸惑う。ミステリとSFと恋愛がミックスした「ほのコワ」ファンタジー集。（藤田香織）
ほ-19-2

青が散る（上下）
宮本　輝
燎平は大学のテニス部創立に参加する。部員同士の友情と敵意、そして運命的な出会い——。青春の鮮やかさ、野心、そして切なさを、白球を追う若者群像に描いた宮本輝の代表作。（森　絵都）
み-3-22

（　）内は解説者。品切の節はご容赦下さい。

三浦しをん
まほろ駅前多田便利軒
東京郊外"まほろ市"で便利屋を営む多田のもとに、高校時代の同級生・行天が転がりこんだ。通常の依頼のはずが彼らにかかると、ややこしい事態が出来して。直木賞受賞作。（鴻巣友季子）
み-36-1

村上　龍
69 sixty nine
楽しんで生きないのは、罪だ。安田講堂事件が起き、ビートルズ、ストーンズが流れる一九六九年。基地の町・佐世保で高校をバリケード封鎖した、十七歳の僕らの物語。永遠の名作。
む-11-4

森　絵都
カラフル
生前の罪により僕の魂は輪廻サイクルから外されたが、天使業界の抽選に当たり再挑戦のチャンスを得る。それは自殺を図った少年の体へのホームステイから始まって……。（阿川佐和子）
も-20-1

湯本香樹実
西日の町
十歳の僕が母と身を寄せ合うアパートへ、ふらりと「てこじい」が現われた。無頼の限りを尽くした祖父の秘密、若い母の迷いと哀しみをみずみずしいタッチで描いた感動作。（なだいなだ）
ゆ-7-1

柚木麻子
終点のあの子
女子高に内部進学した希代子は高校から入学した風変わりな朱里が気になって仕方ない。お昼を食べる仲になった矢先、二人に変化が……。繊細な描写が絶賛されたデビュー作。（瀧井朝世）
ゆ-9-1

吉田修一
横道世之介
大学進学のため長崎から上京した横道世之介十八歳。愛すべき押しの弱さと隠された芯の強さで、様々な出会いと笑いを引き寄せる。誰の人生にも温かな光を灯す青春小説の金字塔。
よ-19-5

よしもとばなな
High and dry（はつ恋）
十四歳の秋、生まれてはじめての恋。ちょっとずつ、ちょっとずつ心の距離を縮めてゆくふたりに、やがて訪れる小さな奇跡とは。イラスト満載、心あたたまる宝石のような一冊です。
よ-20-3

（　）内は解説者。品切の節はご容赦下さい。

浅田次郎
月島慕情
過去を抱えた女が真実を知って選んだ道は。表題作の他、ワンマン社長と靴磨きの老人の生き様を描いた「シューシャインボーイ」など、市井に生きる人々の矜持を描く全七篇。（桜庭一樹）
あ-39-9

浅田次郎
沙高樓綺譚
伝統を受け継ぐ名家、不動産王、世界的な映画監督。巨万の富と名誉を持つ者たちが今宵も集い、胸に秘めてきた驚愕の経験を語りあう。浅田次郎の本領発揮！　超贅沢な短編集。（百田尚樹）
あ-39-10

浅田次郎
草原からの使者
沙高樓綺譚
総裁選の内幕、莫大な遺産を受け継いだ御曹司が体験するカジノの一夜、競馬場の老人が握る幾多の人生。富と権力を持つ人間たちの虚無と幸福を浅田次郎が自在に映し出す。（有川　浩）
あ-39-11

あさのあつこ
夢うつつ
ごく普通の日常生活の一場面を綴ったエッセイから一転、現実と空想が交錯する物語が展開される連作短篇集。時にざらりとした後味が残り、時にほろりとする、あさのあつこの意欲作。
あ-43-13

阿部智里
烏に単は似合わない
八咫烏の一族が支配する世界「山内」。世継ぎの后選びを巡る有力貴族の姫君たちの争いに絡み様々な事件が……。史上最年少松本清張賞受賞作となった和製ファンタジー。（東　えりか）
あ-65-1

阿部智里
烏は主を選ばない
優秀な兄宮を退け日嗣の御子の座に就いた若宮に仕えることになった雪哉。だが周囲は敵だらけ、若宮の命を狙う輩も次々に現れる。彼らは朝廷権力闘争に勝てるのか？（大矢博子）
あ-65-2

伊集院　静
星月夜
東京湾で発見された若い女性と老人の遺体。事件の鍵を握るのは、老人の孫娘、黄金色の銅鐸、そして星月夜の哀しい記憶……。かくも美しく、せつない、感動の長編小説。（池上冬樹）
い-26-21

（　）内は解説者。品切の節はご容赦下さい。

池上　司
ミッドウェイの刺客
日本海軍が大敗したミッドウェイ海戦で、大破した敵空母ヨークタウンをたった一隻で撃沈に向かった潜水艦「伊百六十八」。その戦いの全貌を迫真の筆致で描く戦記小説。（戸髙一成）
い-45-2

池井戸　潤
オレたちバブル入行組
支店長命令で融資を実行した会社が倒産。社長は雲隠れ。上司は責任回避。四面楚歌のオレには債権回収あるのみ……。半沢直樹が活躍する痛快エンタテインメント第1弾！（新野剛志）
い-64-2

池井戸　潤
オレたち花のバブル組
あのバブル入行組が帰ってきた。巨額損失を出した老舗ホテル再建、金融庁の嫌みな相手との闘い。絶対に負けられない闘いの結末は？　大ヒット半沢直樹シリーズ第2弾！（村上貴史）
い-64-4

池井戸　潤
ロスジェネの逆襲
半沢直樹、出向！　子会社の証券会社で着手した買収案件が汚い手段で横取りされた。若き部下とともに半沢は反撃の策を練る。IT業界を舞台とする大人気シリーズ第3弾。（村上貴史）
い-64-7

池井戸　潤
シャイロックの子供たち
現金紛失事件の後、行員が失踪!?　上がらない成績、叩き上げの誇り、社内恋愛、家族への思い……事件の裏に透ける行員たちの葛藤。働くことの幸福と困難を描く傑作群像劇。（霜月　蒼）
い-64-3

池井戸　潤
かばん屋の相続
「妻の元カレ」「手形の行方」「芥のごとく」他。銀行に勤める男たちが、長いサラリーマン人生の中で出会う、さまざまな困難と悲哀。六つの短篇で綴る、文春文庫オリジナル作品。（村上貴史）
い-64-5

池井戸　潤
民王
夢かうつつか、新手のテロか？　総理とその息子に非常事態が発生！　漢字の読めない政治家、酔っぱらい大臣、バカ学生らが入り乱れる痛快政治エンタメ決定版。（村上貴史）
い-64-6

（　）内は解説者。品切の節はご容赦下さい。

井上荒野
ベッドの下のNADA
郊外の古いビルの地下で喫茶店NADAを営む夫と妻。結婚五年目を迎えたそれぞれの心の内を、子供時代の追憶を織り交ぜて浮び上がらせた、怖いまでに美しい物語。（鴻巣友季子）
い-67-4

伊坂幸太郎
死神の精度
俺が仕事をするといつも降るんだ——七日間の調査の後その人間の生死を決める死神たちは音楽を愛し大抵は死を選ぶ。クールでちょっとズレてる死神が見た六つの人生。（沼野充義）
い-70-1

五十嵐貴久
ＴＶＪ
お台場のテレビ局が何者かに占拠された。かつてない劇場型テロに警察は翻弄される。三十歳目前の経理部女子社員が人質となった恋人を救うため、一人で立ち向かう。（温水ゆかり）
い-71-1

五十嵐貴久
サウンド・オブ・サイレンス
聴覚障害のある同級生・春香らのダンスチームを手伝うことになった夏子。目指すはコンテストだが、周囲の大人の反対や恋のもつれで道は遠い!?　汗と涙の青春小説！（大矢博子）
い-71-2

乾　ルカ
ばくりや
あなたの「能力」を誰かの「能力」と交換しますという文句に導かれ、三波は「ばくりや」を訪ねたが——能力を交換した人々の悲喜劇を描く、奇想天外な連作短篇集。（桜木紫乃）
い-78-3

大沢在昌
ニッポン泥棒（上下）
青年は突然告げた。あなたは未来予測ソフト「ヒミコ」の解錠鍵〝アダム四号〟なのだ、と。リアルワールドとインターネットを股にかけた、かつてないサスペンスが幕を開ける！（熊谷直樹）
お-32-5

大沢在昌
魔女の笑窪
闇のコンサルタントとして裏社会を生きる女・水原。男を一瞬で見抜くその能力は、誰にも言えない壮絶な経験から得た代償だった。美しいヒロインが、迫りくる過去と戦う。（青木千恵）
お-32-7

（　）内は解説者。品切の節はご容赦下さい。

大沢在昌
魔女の盟約
自らの過去である地獄島を破壊した「全てを見通す女」水原は、家族を殺された女捜査官・白理(バイリー)とともに帰国。自らをはめた「組織」への報復を計画する。『魔女の笑窪』続篇。（富坂　聰）
お-32-8

奥田英朗
イン・ザ・プール
プール依存症、陰茎強直症、妄想癖など、様々な病気で悩む患者が病院を訪れるも、精神科医・伊良部の暴走治療ぶりに呆れるばかり。こいつは名医か、ヤブ医者か？　シリーズ第一作。

お-38-1

奥田英朗
空中ブランコ
跳べなくなったサーカスの空中ブランコ乗り、尖端恐怖症で刃物が怖いやくざ……。おかしな症状に悩める人々を、トンデモ精神科医・伊良部一郎が救います！　爆笑必至の直木賞受賞作。

お-38-2

奥田英朗
無理（上下）
壊れかけた地方都市・ゆめのに暮らす訳アリの五人。それぞれの人生がひょんなことから交錯し、猛スピードで崩壊してゆく様を描いた傑作群像劇。一気読み必至の話題作！

お-38-5

荻原　浩
幸せになる百通りの方法
自己啓発書を読み漁って空回る青年、オレオレ詐欺の片棒担ぎ、リストラを言い出せないベンチマン……今を懸命に生きる人々を描いたユーモラス＆ビターな七つの短篇。（温水ゆかり）
お-56-3

大崎　梢
夏のくじら
大学進学で高知にやって来た篤史はよさこい祭りに誘われる。初恋の人を探すために参加するも、個性的なチームの面々や踊りの練習に戸惑うばかり。憧れの彼女はどこに!?　（大森　望）
お-58-1

大崎　梢
プリティが多すぎる
文芸志望なのに少女ファッション誌に配属された南吉くんこと新見佳孝・26歳。くせ者揃いのスタッフや10代のモデル達のプロ精神に触れながら変わってゆくお仕事成長物語。（大矢博子）
お-58-2

（　）内は解説者。品切の節はご容赦下さい。

小野一起
マネー喰い
金融記者極秘ファイル
ネタ元との約束を守って「特落ち」に追い込まれたベテラン記者・山沢勇次郎。謎のリークが記者たちを翻弄する中、メガバンクの損失隠しをめぐる怒濤の闘いが始まった！（佐藤　優）
お-66-1

角田光代
対岸の彼女
女社長の葵と、専業主婦の小夜子。二人の出会いと友情は、些細なことから亀裂を生じていくが……。孤独から希望へ、感動の傑作長篇。直木賞受賞作。（森　絵都）
か-32-5

角田光代
ツリーハウス
じいさんが死んだ夏、孫の良嗣は自らのルーツを探るべく、祖父母が出会った満州へ旅に出る。昭和と平成の世相を背景に描く、一家三代のクロニクル。伊藤整文学賞受賞作。（野崎　歓）
か-32-9

角田光代
かなたの子
生まれなかった子に名前などつけてはいけない——人々の間に昔から伝わる残酷で不気味な物語が形を変えて現代に甦る。時空を超え女たちを描く泉鏡花賞受賞の傑作短編集。（安藤礼二）
か-32-10

加納朋子
モノレールねこ
デブねこを介して始まった「タカキ」との文通。しかし、そのネコが車に轢かれ、交流は途絶えるが……表題作「モノレールねこ」ほか、普段は気づかない大切な人との絆を描く八篇。（吉田伸子）
か-33-3

加納朋子
少年少女飛行倶楽部
中学一年生の海月が入部した「飛行クラブ」。二年生の変人部長・神（じん）ことカミサマをはじめとするワケあり部員たちは果たして空に舞い上がれるのか？　空とぶ傑作青春小説！（金原瑞人）
か-33-4

海堂　尊
ひかりの剣
覇者は外科の世界で大成するといわれる医学部剣道部の「医鷲旗」大会。そこで、東城大・速水と、帝華大・清川による伝説の闘いがあった。「チーム・バチスタ」シリーズの原点！（國松孝次）
か-50-1

（　）内は解説者。品切の節はご容赦下さい。

加藤実秋
風が吹けば
気がつくとそこはボンタン・ロンタイ、松田聖子にチェッカーズ、金八先生の世界だった。『インディゴの夜』の著者初の長編は、懐かしくて新しい、傑作タイムスリップ・ストーリー。
か-59-1

壁井ユカコ
サマーサイダー
廃校になった中学の最後の卒業生、幼なじみのミズ、誉、悠の間には誰にも言えない秘密があった。高校生になり互いへの気持ちに揺らぐ彼らを一年前の罪が追いつめてゆく――。（瀧井朝世）
か-66-1

北方謙三
杖下（じょうか）に死す
剣豪・光武利之が、私塾を主宰する大塩平八郎の息子、格之助と出会ったとき、物語は動き始める。幕末前夜の商都・大坂を舞台に至高の剣と男の友情を描ききった歴史小説。（末國善己）
き-7-10

北村　薫
水に眠る
同僚への秘めた想い、途切れてしまった父娘の愛、義兄妹の許されぬ感情……。人の数だけ、愛はある。短篇ミステリの名手が挑む十篇の愛の物語。山口雅也ら十一人による豪華解説付き。
き-17-1

桐野夏生
グロテスク（上下）
あたしは仕事ができるだけじゃない。光り輝く夜のあたしを見てくれ――。名門女子高から一流企業に就職し、娼婦になった女の魂の彷徨。泉鏡花文学賞受賞の傑作長篇。（斎藤美奈子）
き-19-9

桐野夏生
メタボラ
記憶喪失の僕と、故郷を捨てたアキンツの逃避行。すべてを奪われた僕たちに安住の地はあるのだろうか――。底辺に生きる若者たちの生態を克明に描いた傑作ロードノベル。（小山太一）
き-19-14

桐野夏生
ポリティコン（上下）
東北の寒村に芸術家たちが創った理想郷「唯腕村（いわんむら）」。村の後継者となった高浪東一は、流れ者の少女マヤを愛し、憎み、運命を交錯させる。国家崩壊の予兆を描いた渾身の長篇。（原　武史）
き-19-16

文春文庫　最新刊

ホリデー・イン　坂木司
大人気「ホリデー」シリーズのスピンオフ作品集登場

若冲　澤田瞳子
若冲の華麗な絵とその人生。大ベストセラー文庫化！

宇喜多の捨て嫁　木下昌輝
戦国一の梟雄・宇喜多直家を描く衝撃のデビュー作

春の庭　柴崎友香
堆積した時間と記憶が解き放たれる。芥川賞受賞作

離陸　絲山秋子
姿を消した〈女優〉を追って平凡な人生が動き出す

ギッちょん　山下澄人
「しんせかい」で芥川賞を受賞した著者の初期代表作

西川麻子は地球儀を回す。　青柳碧人
参考書編集者の麻子が、地理の知識で事件を解決する

紫のアリス〈新装版〉　柴田よしき
不倫が原因で退職した日、紗季は男の変死体を発見！

人生なんてわからぬことだらけで死んでしまう、それでいい。　悩むが花　伊集院静
読者の悩みに生きるヒント満載の回答を贈る人生相談

秋山久蔵御用控　花見酒　藤井邦夫
男が遠島から帰ると、恋仲の娘には新たな想い人が

偽小籐次　酔いどれ小籐次（十一）決定版　佐伯泰英
小籐次の名を騙り法外な値で研ぎ仕事をする男の正体は

愛憎の檻　獄医立花登手控え㈢　藤沢周平
新しい女囚人のしたたかさに、登は過去の事件を探る

人間の檻　獄医立花登手控え㈣　藤沢周平
子供をさらって殺した男の秘密とは？　シリーズ完結

鬼平犯科帳　決定版（八）（九）　池波正太郎
より読みやすい決定版「鬼平」、毎月二巻ずつ刊行中

マリコ、カンレキ！　林真理子
強行されたド派手な還暦パーティー。毒舌も健在です

極悪鳥になる夢を見る　貴志祐介
大人気作家の素顔が垣間見える初めてのエッセイ集

英語で読む百人一首　ピーター・J・マクミラン
日本人の誰もが親しんできた百人一首が美しい英語に

ジブリの教科書14　ゲド戦記　スタジオジブリ＋文春文庫編
宮崎吾朗初監督作品。父駿との葛藤など制作秘話満載